读客彩条外国文学文库

熊猫君激发个人成长

好骨头

[加] 玛格丽特·阿特伍德 著

包慧怡 译

阿特伍德作品

MARGARET ATWOOD
GOOD BONES

GOOD BONES by MARGARET ATWOOD
Copyright © 1992 BY O.W. TOAD LTD
This edition arranged with Curtis Brown Group Limited
Through BIG APPLE AGENCY, INC., Labuan, Malaysia
Simplified Chinese translation copyright © 2023 by Dook Media Group Limited.
All rights reserved.

中文版权 © 2023 读客文化股份有限公司
经授权，读客文化股份有限公司拥有本书的中文（简体）版权
豫著许可备字-2022-A-0078

图书在版编目（CIP）数据

好骨头 /（加）玛格丽特·阿特伍德著；包慧怡译
. —— 郑州：河南文艺出版社，2023.2

（读客彩条外国文学文库）

ISBN 978-7-5559-1438-9

Ⅰ. ①好… Ⅱ. ①玛… ②包… Ⅲ. ①短篇小说 - 小说集 - 加拿大 - 现代 Ⅳ. ① I711.45

中国版本图书馆 CIP 数据核字 (2022) 第 211033 号

好骨头

著　　者	［加］玛格丽特·阿特伍德
译　　者	包慧怡
责任编辑	梁素娟
责任校对	李亚楠
特约编辑	张靖雯　夏文彦　朱亦红
封面设计	梁剑清
出版发行	河南文艺出版社
印　　刷	三河市龙大印装有限公司
开　　本	880mm x 1230mm 1/32
印　　张	5
字　　数	74 千
版　　次	2023 年 2 月第 1 版　2023 年 2 月第 1 次印刷
定　　价	39.90 元

如有印刷、装订质量问题，请致电 010-87681002（免费更换，邮寄到付）
版权所有，侵权必究

献给 G，一如既往，也献给两位安吉拉

目 录

001 | 坏消息

003 | 小红母鸡倾诉了一切

007 | 格特鲁德的反驳

011 | 从前有个

018 | 不受欢迎的女孩

024 | 现在,让我们赞颂傻女人

031 | 女体

039 | 爱上雷蒙德·钱德勒

041 | 猎树桩

045 | 造人

050 | 肩章

056 | 冷血

061 | 出海的男人

064 | 外星领土

078 | 历险记

082 | 硬球
086 | 我的蝙蝠生涯
094 | 神学
097 | 天使
100 | 罂粟花：三种变奏
109 | 返乡
116 | 第三只手
119 | 死亡场景
123 | 四小段
126 | 我们什么都想要
128 | 麻风病人之舞
131 | 好骨头
136 | 鸟之轻，羽之轻
　　　——《好骨头》译后记

坏消息

阳台上,红色天竺葵微光灼烁,风儿摇晃着雏菊,婴儿的双眸像蒙上了一层牛乳,第一次聚焦在心爱的双排牙齿上——有什么可汇报的?失血使她坠入梦境。她栖息在屋顶上,弯折起一对黄铜翅膀,戴着优美的蛇形头饰的脑袋缩在左翅膀下,她像一只正午的鸽子那样打着盹儿,除了脚指甲,全身上下无懈可击。阳光渗动着流经天空,微风如温暖的长丝袜,波浪般拂过她的肌肤,她的心脏一张一舒,犹如防浪堤上的水涛。倦怠如藤蔓般爬过她的全身。

她知道她需要什么:一场变故。她是指:无意中滑脱的小刀,摔落的玻璃杯,或是炸弹,某样摔碎的东西。一点儿酸,一点儿闲聊,一点儿高科技导致的集体死亡——数百万人的死亡,一点儿可以唤醒她的锐利的什物。开坦克轧过天竺葵,把微风变作飓风,斩断雏菊的脑袋并使它们如子弹般穿行在空气中,把婴儿从阳台上掷下去,看着那母亲尾随而下,如一只钻入水底的天鹅——母亲发出无从辨析的尖叫,奥菲利娅式的头发缠结着飘散开。

像一个西瓜那样爆炸,番茄色的汁液四溅——这才称得上故事。现在她醒了,她嗅了嗅周围的空气,展开双翼,跃跃欲飞。她饿了,她在轨道上滑行,她发出塞壬[1]般的尖啸,她彻底俘虏了你的注意力。

没有消息就是好消息,人人都明白这个道理。你也知道,并且,你喜欢这样。当你感觉糟糕时,她刮擦着你的窗玻璃,你就会放她进来。她对着你的耳朵低语:"是他们总比是你好。"你再一次把身体靠入椅背,把窸窸窣窣的报纸叠起来。

---

[1] 古希腊神话中人首鸟身的怪物,常用自己的歌喉诱惑过路的航海者(本书注释均为译者注与编者注)。

小红母鸡倾诉了一切

每个人都想得到它。每个人！不光是猫咪、猪和狗，还有马、母牛、犀牛、猩猩、角蛙、袋熊、鸭嘴兽，任君联想。和平一去不复返，一切只为了那一块该死的面包。

身为一只母鸡可并不容易。

*　　*　　*

你知道我的故事。或许曾有人把它当作闪亮的典范，告诫你该如何举手投足。清醒，负重。自力更生，然后进行投资，再集取资产。难道我就该成为这种事情的例证？别叫人笑话啦。

我找到了一粒稻谷，这没错。但又怎样呢？地上四散着许多稻谷。只要用眼睛牢牢盯着磨石，你也能找到谷粒的。我看见一粒稻谷，我把它捡起来。这都没问题，发现者即保存者。省下一粒稻谷就是赚到一粒稻谷。机遇的后脑勺没长头发。

谁来帮我种下这粒稻谷？我说。谁？谁？我感觉自己像一只该死的猫头鹰。

不是我，不是我。他们回答着。那我就自己动手吧，我说，修女对着振动式自慰器也是这么说的。当然了，没有人在听。他们都去了海滩边。

别以为这不伤人，所有这些回绝。我在草窝里郁郁不乐，流下了小红母鸡的眼泪，鸡血的眼泪。你知道那看上去像是什么，你吞的鸡血可不少，可以炖美味的肉汁。

那么，我有什么选择呢？我可以立刻把那粒稻谷吃了，给自己加一道营养大餐。但我没有那么做。我种下了它。我给它浇水，我用自己羽翼丰满的小身体日夜守护它。

于是它长大了。为什么不呢？它结出了更多的谷粒。于是我把那些也种下了，也给那些谷粒浇水。我把它们磨成面粉,终于,我得到足够做一块面包的面粉。于是我动手烤面包,你见过那些图片:我穿着小红母鸡的围裙,两个翅膀尖捧着那块芳香四溢的面包,微笑着走开了。所有的图片里我都在微笑,一个尖尖的喙能容许我笑多少我就笑多少。当他们说"不是我"的时候,我也在微笑,我从来不会发脾气。

谁来帮我吃了这块面包?我说。我来,猫咪、狗和猪都这么说。我来,羚羊这么说。我来,牦牛这么说。我来,身上有五处条纹的石龙子这么说。我来,虱子这么说。并且,他们说到做到。他们伸出巴掌、蹄足、舌头、脚爪、下颚、盘尾。他们瞪着我,淌着哈喇子。他们尖叫起来。他们往我的邮筒里塞请愿书。他们感觉压抑。他们指责我自私。他们开始生病。他们以自杀相胁。他们说,都是我的错,我不该在他们都没有面包时拥有一块面包。看起来,他们之中的每一个人,都比我更需要那块该死的面包。

你可以再烤一些。他们说。

好骨头

* * *

于是，于是怎样呢？我知道故事里是怎么说的，我应该说：我要自己吃掉它，你们给我滚。一个字都别信。我前面已经指出过：我是一只母鸡，不是公鸡。

拿去吧，我说，我为我一开始就萌生出这么个念头而道歉，我为我的好运道歉。我为我的无私道歉。我为我是个好厨师道歉。我为那个修女的玩笑道歉。我为公鸡的玩笑道歉。我为我穿着神气的母鸡围裙，为我用一只母鸡的喙神气活现地微笑而道歉。我为我是一只母鸡而道歉。

再吃一点儿吧。

把我那份也吃了吧。

格特鲁德的反驳

我总觉得叫你哈姆雷特是个错误。我的意思是,对一个男孩来说,这算个什么名字?是你父亲的主意。他非得按自己的名字给你命名不可。自私。学校里的其他孩子过去常常把你嘲笑个半死。那些绰号!还有那些关于猪肉的可怕笑话。

我想要叫你乔治。

我不是在绞手,我在涂指甲油。

亲爱的,请别再和我的镜子过不去了。你已经打碎过两面了。

是的，我见过那些画像。非常感谢你。我知道你父亲比克劳迪乌斯英俊。高高的眉毛、鹰隼般的鼻子等，穿军装很潇洒。但是，美貌并非一切，对男人而言尤其如此。虽然我很不愿意非议坟墓里的人，但我想，现在该是时候向你指出这点了：你爸爸实在并不那么有趣。高贵，当然了，这点毫无疑问。但是克劳迪乌斯，好吧，他喜欢时不时喝上一杯。他喜欢精美的食物，他喜欢开玩笑，明白我的意思吗？你不必为了遵守什么比你圣洁的人的准则而蹑手蹑脚。

顺便一提，亲爱的，我希望你别管你继父叫"膨胀的国王"。他是有一点儿偏胖，你这么叫他，很伤感情。

汗津津的什么？我的床当然没有"布满褶皱"，不管那是什么意思！你居然说什么"肮脏的猪圈"！我每星期换两次床单——当然这和你没什么关系——这可比你勤快。看看你在威登堡的学生宿舍——那个乌糟糟的猪栏吧。除非事先得到警告，我可再也不会去那里拜访你了。我大老远就见到你带回家来洗的衣物了——次数还远远不够多!

只有黑袜子不够穿时你才会省一次亲。

让我告诉你吧,在那种时候,每个人都会变得汗津津。你自己尝试一下,就会知道是怎么回事。一个真正的女朋友对你可大有好处。不是那个面孔惨白的——她叫什么来着——她被捆在束胸里就像一只高级火鸡,散发出"别碰我"的气息。若你想知道我的看法,就是那姑娘可有点儿不搭调。处在边界线上,一点点震惊就会把她推下悬崖。

给你自个儿找个实在点儿的伴儿。在干草堆里高高兴兴地打滚儿。然后再来找我谈论"肮脏的猪圈"。

不,亲爱的,我可没被你气得发疯。但我不得不说,你有时候一本正经得可怕。就像你父亲。他会说这是"肉体层面"!你大概觉得这都是狗屎。在年轻人身上,这是可以被原谅的,他们总是缺乏宽容之心。但在你父亲的这个年纪,好吧,这就叫人难以忍受了。这还是说得轻了。

有时候,我真觉得如果你不是个独生子的话,对我俩都更有好处。可你知道,这件事要归咎于谁。你完全不明白我过去得忍受些什么。每次我想要,你知道的,让自己的老骨头活动活动,他的反应就像是我在提议去杀人。

哦!你居然这么想?你以为克劳迪乌斯杀了你爸爸?好啦,难怪你在饭桌上对他那么粗暴了!

要是我知道你这么想的话,我本可以在第一时间纠正你的。

不是克劳迪乌斯干的,亲爱的。

是我。

从前有个

——从前有个穷苦的姑娘,心地善良,长得也漂亮。她和她那坏心眼儿的继母住在森林里的一幢房子里。

——森林?森林早过时啦。我是说,我对这些野性的背景已经审美疲劳了。我们今天的社会可不是这么一幅光景。我们还是换换口味,来点儿城市风吧。

——从前有个穷苦的姑娘,心地善良,长得也漂亮。她和她那坏心眼儿的继母住在郊区的一幢房子里。

——好一点儿。但我要郑重其事地质疑"穷苦"这个词。

——但她就是很穷啊!

——"穷苦"都是相对而言的。她住在一幢房子里,对吗?

——没错。

——那么,从社会经济学的角度来说,她并不穷。

——但那些钱没一个子儿是归她的!这个故事的重点是,坏心眼儿的继母强迫她穿褴褛的衣服,睡在壁炉里——

——啊哈!她们还有壁炉!我来告诉你吧,她们要是真穷,是装不起壁炉的。天黑以后,不妨上公园来,到地铁站去,去看看那些睡在硬纸箱里的人,那时我再告诉你什么叫"穷苦"!

——从前有个出生于中产阶级的姑娘,心地善良,长得也漂亮——

——停一下。我想我们应该把"长得漂亮"去掉,你不觉得吗?如今,广告里铺天盖地都是些身材撩人的浮浪妞儿,女人们饱受威胁,要应付的对手已经太多啦。你就不能,呃,让她长得平民一点儿?

——从前有个体形微胖的姑娘,她的门牙外突——

——我觉得,拿别人的长相开玩笑,这不厚道。再说,你这是在鼓励大家厌食。

——我没在开玩笑!我不过是在描述——

——跳过描述吧。描述令人压抑。不过,你倒是可以点明她的肤色。

——什么肤色?

——你知道的：黑色啦，白色啦，红色啦，棕色啦，黄色啦。选择就只有这些。我这就告诉你吧，我对白皮肤真是腻烦死了。主流文化东，主流文化西的——

——我不知道她的肤色。

——好吧。或许她的肤色和你如出一辙？

——但这不是关于我的故事！是关于这个姑娘——

——一切都是关于你的。

——听起来，你好像根本不想听这个故事。

——噢，好吧，继续。你可以让她当个少数民族人，这挺管用。

——从前有个姑娘，我们对她的血统不甚清楚，她其貌不扬，但是心地善良。她和她那坏心眼儿的——

——还有一件事。"心地善良"和"坏心眼儿"。你不觉得你该省省这些清教徒式的、刚愎自用的、诲人不倦的头衔吗?我的意思是,这一招用得太勤会让人条件反射,不是吗?

——从前有个姑娘,其貌不扬,性情稳妥,和她的继母住在一起。后者不是个开朗、有爱心的人,因为她小时候曾被虐待过。

——好点儿了。但我对负面的女性形象实在审美疲劳啦!还有继母——永远是她们背负罪责!为什么不换成继父呢?再说,这也更合情合理,想想你接下来要描述的那些坏事吧。再添入鞭子和锁链。我们都知道那些变态的、内心压抑的中年男人是个什么样儿——

——嘿,等等!我就是个中年——

——得了吧,诺西·帕克先生。可没人请您插一脚进来,换种说法也一样。这件事情你知我知,继续说吧。

好骨头

——从前有个姑娘——

——她多大年纪?

——我不知道。她年轻着呢。

——故事将以婚姻收场,不是吗?

——这……我没打算剧透,不过——没错。

——那你就可以把这个屈尊俯就的、家长作风的"姑娘"画掉了。她是个女人,伙计,女人。

——从前有个——

——"从前",那算个什么?关于业已风干的过去谈得已经够多啦。告诉我现在的事。

——有个——

——那么?

——什么"那么"?

——那么,为什么不是"这儿有个"?

不受欢迎的女孩

1

"每个人都会轮到,现在该我啦。"至少,他们在幼儿园里是这么告诉我们的。这并不是真的。一些人会比别人多轮到几次,而我却从没轮到过,一次也没有!我几乎不知道该怎么说"我"或"我的",这么久以来,我始终只是"她""她的""那个人"。

我连个名字都没有。一直以来,我只是"那个丑姐姐",重音在"丑"字上。其他母亲一看到我就把视线移开,轻柔地摇着头。当我穿着漂亮的裙子,脸色铅灰,皱着眉头走进房间时,她们立刻就压低嗓门,或者干脆鸦雀无声。她们想要说上几句救场的话——至少，她的确是很健壮呀——但她们知道，这于事无补。我也知道。

你以为我不憎恨她们的同情，她们那佯装的善意？我知道，无论我做什么，无论我具有何等美德，无论我多么兢兢业业，我永远也不会变得美丽。不像她，她只要随便坐在那里就能受人仰慕。你纳闷我为什么用针扎进布娃娃蓝色的眸子，还把她们的头发拔光？生活并不公平，我又何须公平？

至于王子，你以为我不爱他吗？我比她更爱他；一切事物中我最爱他。我可以为了他斩断自己的脚，我可以杀人。当然了，我把自己隐藏在厚重的面纱下，在祭坛前取代了她。当然了，我把她抛出了窗子，把自己藏在头巾下，装作是她。在我的处境下，谁不会这么做？

但我所有的爱情不过落了个惨绝人寰的下场。烧得红热的鞋子，嵌满钉子的木桶——不被回馈的爱就是这种感觉。

她还有个婴儿。我则从未被允许拥有过。

你曾经渴望过的每一样事物,我也渴望过。

2

我想,这是诽谤。别说这些废话了吧。就因为我年纪大了,又是独身,眼神也不好,他们就指责我犯下了各种罪过。烹制并品尝儿童,好吧,你能想象吗?多么异想天开!就算我真的吃了几个,那又怪谁?那些孩子的父母把他们抛弃在森林里,他们一心想要他们死去。不来不求,来者不拒,一直是我的座右铭。

不管怎么说,就我看来,他们是一种祭品。以前,每逢播种或收获季节,供给我的都是些成年人——男女都有,体内填满了时下流行的糖果。这种象征主义恐怕有点儿残忍——一些人或许会说,这缺少品位——但人们的出发点总是好的呀。作为回报,我让作物发芽生长，成熟饱满。

然后我就被藏起来，塞到阁楼里，烘干，缩水，被埋在发霉的帷帐里。见鬼，我以前可是有乳房的。不止有两个，有很多个。说真的，像我这样的女人，怎么会觉得拥有第三只乳头是莫大的考验呢？

还有，为什么总是把我和花园画在一起？一座奇妙的花园，里面长着令人垂涎的鹅莓、有魔法的卷心菜、莴苣，不管那是什么。那些怀孕的女人总是想方设法趁着月光翻过墙壁，大嚼特嚼我那些丰硕的蔬果。你得有非凡的肚量，才能管这叫作盗窃。

过去，事情可不是这么办的。那时，生命是一件礼物，不是用来偷窃的。它是我赐予的礼物，我赐予土地和海洋的礼物。那时人们对我心存感谢。

3

真的，从来就没有什么邪恶的继父，只有一大堆肝脏白得像百合花的鳏夫，我杀了他们的女儿，他们却轻易放过我。当我让那些姑娘在厨房里做牛做马，或让她们穿着单薄如纸的衣服去暴风雪里办事时，他们去了哪里？在办公室加班。推卸责任。男人啊！如果你以为他们对实情一无所知，你就疯了。

那些好女儿有个问题——她们太好了。逆来顺受，卑躬屈膝，兴许我还该添一样：哭哭啼啼。一点儿都不干脆。要是没有我，她们会有什么好下场？绝不会有。她们会做一辈子家务——那些故事里说的不外乎是这个——会嫁给某个农民，养十七个小子，最多在墓石上得到"一个忠诚的妻子"的墓志铭。什么大事儿。

是我挑起事端，是我给一切注入活力。"去马路中央玩，"我对她们说，"穿上纸做的衣服，去雪地里找些草莓。"这很变态，但无比管用。她们只需要微笑，再向某位侏儒或"好心的妇人"或随便什么人问声好，为后者做一点儿微不足道的家务，事就这么成了。她们嫁给了国王的儿子，住进了皇宫，再也不会在洗碗擦碟时弄糙了手啦。

但我得到的只有责怪。

上帝对这一切再清楚不过了:没有魔鬼就没有堕落,没有堕落就没有救赎。二年级学生都会算。

你尽可以拿我擦脚,尽管扭曲我的动机,你可以在我头上垒一堆路石,把我沉到河底,但你可没法把我赶出故事。宝贝儿,我,正是情节之一,永远别把这个忘了。

现在,让我们赞颂傻女人

智障者、气泡头、无脑金发女郎、蠢得不愿听老妈话的顽固少女;

所有那些两耳之间填着空气垫的家伙;

所有那些祝我们"今天过得愉快"的、徒有其表的女服务员——她们边在镜子里端详自己硕大无朋的发型,边给我们找错了钱;

所有那些把喷上了香波的狮子狗塞进微波炉吹干的女人;

所有那些被男朋友告知嚼叶绿素口香糖可以避孕,并且信以为真的女人;

所有那些因为无法决定去小便还是去拿下烧开的水壶而紧张地咬着指甲的女人;

所有那些不知道怎么拼"小便"这个词的女人；

所有对蠢笑话（就像这个）报以好心的微笑，哪怕她听得一头雾水的女人。

我们兴高采烈地告诉自己：*她们并不生活在现实世界中*。但这又算是什么批评？

如果她们真有办法不生活在现实世界中，倒是好事一桩。我们自己也宁可不要生活在这里。

事实上，她们不生活在现实中，因为这类女人是一种小说：出自他人的手笔，但作者也常常是她们自己。

即使是傻女人也不如她们装得那么傻：她们伪装是为了得到爱。

男人爱她们，因为她们使傻男人感觉自己聪明；女人也爱她们，原因一样，[1]

也因为傻女人们使她们想起自己先前做过的种种傻事。

不过，压倒一切的一点是，没有她们就没有故事。

没有故事！没有故事！想象一下一个没有故事的

---

1 本篇文体仿照散文诗，排版与标点均按照原文。

世界!

如果每个女人都冰雪聪明,你就会得到这么一个世界。

聪明的处女们修剪灯芯,给油灯填满灯油,新郎们如约而至,行为得体,轻叩前门,准时享用晚餐;

没有那些麻烦,没有那些混乱——完全没有故事。

关于这些聪明的处女,这些面无血色的模范,我们能编出什么故事?

她们自我约束,她们观察自己睿智的嘴唇,她们缝纫自己的衣裳;

她们在职场上得到认可,她们不费吹灰之力就能把事情办得妥妥帖帖。

说起来,她们令人难以忍受。她们不具备可供叙事的缺陷:

她们那智慧的微笑太过洞烛机先,对我们和我们的愚蠢太过了解。

我们怀疑她们都有一颗卑鄙的心。

她们太过聪明,这对她们自然是大有好处,对我们可不太有利。

相反,那些傻乎乎的处女则让油灯熄灭:

当新郎们登场,按响门铃时,

她们已在床上酣然入梦,他们因而不得不从窗户爬进去。

有人尖叫,有人被东西绊倒,有人搞错了身份。

有追逐的场景,也有砸锅摔碗的场景,还有不少可人心意的喧嚣与骚动。

要不是这些姑娘的脑子里缺几根筋,这一切就成了泡影。

啊,永恒的傻女人!我们聆听着她的故事,内心是何等欢愉!

那条能言善辩的蛇瞒天过海,夸夸其谈,使她信以为真,

于是吞吃了知识之树上免费的苹果样品;

于是她成了神学之母;

是她打开了盛有人类一切罪孽的骗人的礼盒,

还愚蠢地相信:只要有希望,就有慰藉。

她与狼交谈,却不知道那是种什么畜生:

"在我这一生中,你都去了哪里?"它们问。"在

我这一生中，我都去了哪里？"她答。

我们知道！我们知道！当我们看见狼时，就知道它是狼！

"小心！"我们在心里朝她嚷嚷，想着如果我们处在她的位置上，会把事情做得多么漂亮。

但是，被囚禁在白纸之间的她听不见，于是，她哼着小曲，昂首阔步，满脸天真，闲庭信步地走向自己的末日。

（天真！或许这才是愚蠢的关键所在，我们对自己这么说。而我们觉得自己早已放弃了天真。）

如果她能逃脱厄运，一定是因为走运，或是托了英雄的福：

这姑娘自己是无法撕破纸包，从里面爬出来的。

有时，她由于愚蠢而无所畏惧；换句话说，
她同样也由于愚蠢而令人生畏。
乱伦的继父在修道院的断壁残垣里对她紧追不舍，
连一只沙鼠都骗不过的诡计却能骗过她。
老鼠令她尖叫：她呜呜咽咽，牙齿打战，在这个遍布机关的世界的缝隙里飞奔——不过飞奔需要腿，并且毫无文雅可言——她其实是在出逃。

她没有腿，她落荒而逃，每次都拐错弯。

一条白色雪纺围巾在暗夜里飘曳，我们伴她出逃。

她没有双亲，没有好心的阿姨，在婚姻上做了不合适的抉择，

不得不躲开绳索、刀具、疯狗和阳台上滚落的石头花盆。

温文尔雅的、邪恶的丈夫觊觎她的钱财和鲜血，把花盆朝她战战兢兢的小脑袋上砸下去。

当她站在那里，无助地绞着手时，别为她难过：

恐惧是她的盔甲。

我们就承认了吧，她是我们的灵感！就像棉花球一样，她是我们的缪斯！

她也是男人的灵感！要不然，人们又何苦写下关于那些力大如神、立下了超人般功勋的英雄的传说，

还不是为了赢得（他们认为会）蠢到相信这些传说的女人的赞许？

那五百年的爱情诗从何而来？

更别提那些催人泪下的恳请的歌谣——里面充满了呻吟与哀鸣，

其目标正是那些觉得它们具有诱惑力的傻女人!

当可爱的女人弯下腰,跌跌撞撞地步入愚蠢,

为自己的好意辩护——她想给别人带去欢愉!

当她受人欺侮,尤其是被名人占了便宜时,

并且如果她足够愚蠢,或是足够聪明地,被人捉了现行——就像在经典小说里那样,

懵懵懂懂、哭哭啼啼地上了八卦小报,

并从那里径直进入了我们的心。

"我们原谅你!"我们喊着,"我们能理解!现在,再加演一场吧!"

"虚伪的读者啊!我的同类!我的姐妹!"

现在,让我们赞颂傻女人,

她们是文学之母。

女体

……完全献给"女体"这一主题。我们知道您对这一主题曾做过多么精到的论述……这一包罗万象的主题……

——来自《密歇根评论季刊》的信件

1

我同意,这是个劲爆的主题。但劲爆的主题只有这一个吗?眼观八方,你就能发现一大批。不如就拿我自个儿说事吧。

我一早起床。我的主题散发出地狱的气息。我在上面洒了点儿水,用毛刷掸了掸它的局部,用毛巾拂拭,给它上粉,抹上润滑剂,在里面添上燃料。好啦,我的主题,我那与时俱进的主题,我那争议重重的主题,我那包罗万象的主题,我那一瘸一拐的主题,我那患有近视的主题,我那背部有病的主题,我那行为不端的主题,我那粗俗的主题,我那无耻的主题,我那正在老化的主题,我那不可能成形的主题,裹着过分宽大的风衣,穿着冬靴,就这么唰啦一下出发啦。它沿着人行道疾走,仿佛有血有肉,它正在找寻彼方的事物:一棵鳄梨树、一名市议员、一个形容词。它和往常一样饥肠辘辘。

2

女体的基本饰件如下:吊袜带、底裤带、衬裙、背心、裙撑、乳搭、三角肚兜、宽内衣、三角裤、细高跟、鼻环、面纱、小山羊皮手套、网眼长筒袜、三角披肩、束发带、"快乐的寡妇"[1]、服丧用的黑纱、颈

---

[1] Merry Widow,一种无肩带的紧身胸衣。

链、条状发夹、手镯、串珠、长柄望远镜、皮围巾、常用黑色衣物、小粉盒、镶有低调的杂色布条的合成弹力纤维连衣裙、品牌浴衣、法兰绒睡袍、"蕾丝泰迪"[1]、床、脑袋。

3

女体是由透明塑料制成的,插上电源就会发光,按一下按钮就可以显示各种身体系统。在循环系统中,心脏和大动脉是红色的,静脉是紫色的;呼吸系统是蓝色的;淋巴系统是黄色的;消化系统是绿色的,肝脏和肾则是浅绿色的;神经被涂成橙色,大脑是粉色的。骷髅——你大概已经猜到了——是白色的。

生殖系统不是必备的,可以被移除。它配有一个小型胚胎,有时不配。你可以行使为人父母的决定权。我们可不想吓唬人,也不想惹恼谁。

---

[1] Lace Teddy,一种性感蕾丝连体内衣。

4

他说，我可不想在屋里要这么一个东西。它会给年轻女孩带来不正确的审美观，更别谈解剖观了。如果一个真正的女人是如此制作出来的，她准会面朝下扑倒在地。

她说，别的女孩都有，如果我们不给她买一个的话，她会觉得不公平。这会坏事。她会渴望拥有这么一个女人，渴望成为这么一个女人。压抑会使一样东西更显珍贵，你很清楚这些。

他说，不光是那些塑料乳头的问题，还有那些衣物。那一套行头，还有那个愚蠢的男洋娃娃，它叫什么来着？那个穿着粘上去的内衣的家伙。

她说，最好是趁她年纪尚小，一劳永逸地把这事儿办了。他说，好吧，但别让我看见。

她嗖嗖地飞下楼梯，像一只被掷下的飞镖。她浑身一丝不挂，头发被拦腰斩断，脑袋扭转了一百八十度，她丢了几根脚趾，周身布满羊皮纸卷轴花纹的紫墨水文身。她一头撞上了盆里的杜鹃花，像个被弄脏了的天使般抽搐了一会儿，应声落地。

他说，我想我们是安全了。

5

女体有许多作用。它曾被用作门环，用作开瓶器和肚子嘀嗒作响的钟，用来支撑灯罩，用作胡桃夹子——只消把它的黄铜腿儿拧成一股，你的胡桃就磕好啦。它可以用来插火炬，架起胜利的花冠，长出紫铜翅膀，高高举起一圈霓虹星星——在它的大理石脑袋上则可以经营一爿商店。

它贩卖汽车、啤酒、剃须液、香烟、烈酒；它贩卖减肥手册和钻石，还兼卖装在小玻璃瓶里的欲望。这就是那张带动了一千种周边产品售卖的面孔吗？毫无疑问。不过，可别想得太美了，宝贝儿，这微笑，一角钱可以买上一打。

它不光贩卖，它本身也是商品。货币流入这个国家，流入那个国家——或者说飞入，实际上是匍匐进入——一套接着一套，都是受了那乳臭未干的无毛美腿的诱惑。听着，你想要减轻国家债务？你不是个爱国主义者吗？爱国主义的精髓在此。我的姑娘。

她是一种自然资源，幸运的是，她是可再生的，因为这类东西损耗得实在太快。厂家的生产质量已经今非昔比。次品。

6

一加一等于一。没人要求你一定得从女性那里得到快感。鹅与鹅之间结成的配偶还更牢固些呢。我们可不是在谈论爱情，我们说的是生物学。我们正是沿着生物学之路来到这里的，闺女。

蜗牛们另辟蹊径。它们是雌雄同体的，而且进行的是三人交配。

7

每个女体中都包含一个女性的大脑。方便得很。大脑操纵全身。往里面插上一根针，你会得到妙不可言的效果：怀旧流行歌曲、电流短路、噩梦。

不管怎么说，每个大脑都分成两瓣儿，由一根粗绳索连接，神经纤维链从这一瓣儿伸展到那一瓣儿，电子信号的火花来回激荡。如同波浪上的光斑,如同一场对话。一个女人是如何获取知识的?依靠听觉。依靠窃听。

现在来谈谈男性的大脑,那完全是两码事。两瓣儿脑之间只有一座纤细的桥:这头是空间,那头是时间,音乐和数学在各自封闭的密室里各就各位。右脑不知道左脑在做什么。这对于瞄准很有好处,有助于你扣动扳机射中目标。目标是什么?目标是谁?谁在乎呢?重要的是射击!听好,这就是男性的大脑。相当客观。

这就是男人为什么觉得悲哀,觉得与世隔绝,觉得自己是被抛弃的孤儿,在一片深不可测的空洞中被抽走了弦儿,无依无靠。什么空洞?她说,你在说什么啊?宇宙的空洞,他说。她说,喔。她看向窗外,想搭上窗把手。但是无济于事,有太多事情正在发生,树叶里有太多的窸窸窣窣声,太多的噪声,于是她说,你要不要吃片三明治,或是一块蛋糕,或是喝杯茶?他见她完全不得要领,气得咯吱磨牙,他走开了,不仅是只身走开,而且是孤零零地走开,他迷失在黑暗中,迷失在头骨中,正在寻找另一半,那位可以令他完整的胞弟。

然后他就想:他把女体弄丢了!看啊,它在远方的一片阴霾中闪闪发光,展现着健全和成熟,像一只硕大的瓜,像一个苹果,像出自蹩脚性爱小说的一个关于胸部的隐喻。它熠熠生辉,闪耀如气球,如一个多雾的中午,如一轮水灵灵的月亮,在光之蛋壳内微光粼粼。

抓住它。把它放进南瓜,藏进高塔,藏进集中营,藏进卧室,藏进屋子,藏进房间。快,给它束上皮带,配上锁和锁链,使它痛哭,摆平它,这样,它就再也不能从你那儿开溜啦。

爱上雷蒙德·钱德勒[1]

能和雷蒙德·钱德勒来上一段韵事该是多么愉快！不是冲着那些残缺的身体和满身醋渍的警察，也不是冲着潜在的、别开生面的性爱，而是冲着他在家具方面的兴趣。他知道家具会呼吸，有感觉——和我们不一样，是以一种更受抑制的方式，就像"室内装潢"这个词本身——家具折射出霉斑和灰尘的色彩：一束投射在古旧衣服上的阳光，一捆扔在廉价办公椅和椅背上的磨损的皮革。我想着他的那些沙发被填塞得圆鼓鼓的，罩着丝缎，是一种苍蓝的色调——他那些残忍冷酷、

---

[1] Raymond Chandler，美国著名侦探小说家，代表作有《长眠不醒》《高窗》《湖底女人》《漫长的告别》等。

无实体的金发情人正是有着这种颜色的眸子。那些沙发缓慢地跳动,犹如冬眠的鳄鱼的心脏。我想着他的那些躺椅,它们都配有不怀好意的枕头。他对草坪和温室了如指掌,对汽车内部也是行家。

我们的韵事将会以这种方式发生:我们将在旅馆或者汽车旅馆见面,昂贵或者便宜的都行,这不打紧。我们会进入房间,锁上门,开始探索家具的秘密,用手指抚过窗帘,摩挲壁画镜框上的假镀金,抚过真正的大理石,抚过奢侈或俗气的卫生间水槽里破了角的瓷砖,吸入地毯、旧烟头、泼翻的琴酒的气味,吸入速战速决、毫无深意的性爱的气味,或者吸入从英国进口的椭圆形透明香皂那馥郁而抽象的气息——对我们而言都无关紧要。重要的是我们对家具的反应,以及家具对我们的反应。只有当我们嗅过、抚过、摩挲过房里的家具,在上面打过滚儿并将它们的味道铭记在心后,我们才会扑入彼此的怀抱,扑到床上(加长型?桃红色?会嘎吱作响?狭窄?有四根床柱?配有羽绒被?铺着柠檬绿的绳绒织物?),终于做好了准备,要把刚才对家具做的一切在彼此身上再做一遍。

猎树桩

1

枯树桩是野生动物最青睐的伪装术。有多少次,当你开着摩托艇呼啸而过,或是划着小木舟悠悠漂过时,你看见水面上探出一段枯树桩,并且你对自己说:那看起来像是一只动物?

当然,只有脑袋而已。它在游泳。

而当你靠近去看,那却只是一段枯树桩。

别上当!通常,这些东西的确就是动物。

你应该这么做：

向那只动物射击，大约在两眼中央，两眼的位置你就估摸一下吧。这样，动物会被杀死，但不会蜕去伪装。

下一项任务是把动物从水里拎出来。这可能不是件容易的事儿，因为那只动物会顽强地附着在看起来像是树根的那部分肢体上。你可能会需要一把链锯、许多绳子，你的船最好安装了强劲的引擎。当你又切又撬，终于成功地把动物扳松时，把它拖上岸，拖到你停车的地方。

不会见血。

把动物晾一会儿。它看起来会像是遭遇了涝灾，沉重无比。把它扛到汽车引擎盖里或是货车车篷上，用绳子捆结实了。开车进城。其他猎手——各自车上捆着驼鹿、熊、母鹿，甚至是豪猪——会摇摇头，把你嘲笑一番，但是记住：你将是笑到最后的人。

等你把动物运回家后,在后院宰割它——链锯又会派上用场,就按宰母牛的方式宰。这只动物看起来仍会像是一段木头,但别被蒙骗了。

把肉排、肋骨和排骨裹上保鲜膜放进冰箱。要是你的太太询问你在做什么,或是挖苦你的智商,让她少管闲事。相反地,《圣经》里就说过:凡有血气的都尽如草。

当你觉得有胃口吃一顿动物大餐时,从冰箱里取出一块肉排,在木炭、燃气炭盆、煎锅或是烤架上把它加热。这只动物展现其庐山真面目的一刻终于到了!给肉排撒上作料——来点儿烧烤酱总是好的——翻转它,使之均匀受热。

如果它依然是一块木头,就是你犯了个错误。运气太糟啦!一千个枯树桩里只有一个不是动物,你却偏偏选中了那一个。

下次再试。

2

躺在溪底的鹅卵石是鱼类最青睐的伪装术。

造人

这个月我们暂且不去管针织吊带比基尼和回锅菜。我们将给读者提供一些小贴士,教他们在自己的厨房和娱乐室里制造一种既实用又美观的东西。在房间里放上这么一件东西总是不错的,无论是把它展示在草坪上,做出忙活的样子,还是让它斜靠或直坐在椅子里。注意给它选一块和窗帘颜色匹配的盖毯!

用坏了以后,还可以回收它们,做成门把手。

1. 传统法

从地上取一些灰尘。造型。往鼻孔里吹进一些生命的气息。简单，但是有效！

（请注意，虽然男人是尘做的，女人可是肋骨做的。下回你吃得克萨斯烧烤时可别忘了这个！）

你该不该给你的小人儿安上一个肚脐呢？传统法领域的权威对此大摇其头。我们自己则很高兴装一个，算是画龙点睛吧。用大拇指按一个即可。

2. 姜饼法

任何好一点儿的曲奇饼干食谱都行，但如果你想要取得栩栩如生的效果——选择这种方法的读者大部分是这样——就再多加一点儿姜汁。用葡萄干做眼睛和纽扣很不错，但是，只要你不怕磕掉大牙，尽可以选用那些小巧玲珑的银珠子。

你的小人儿刚出炉时，要紧紧握住他可能不太容易。以这种方式制成的小人儿往往会飞奔到大路上，或骑摩托车或步行，一路抢劫便利店，给自己弄个文身，蹿上跳下，嘴里唱着："跑呀，跑呀，使出全力跑呀，你抓不住我，因为我是姜饼小人儿！"在把他送进炉子烘烤前，先在他的腿上绑一根线，这法子很管用，但是——哎呀——经验告诉我们，不会太久。

不过这种方法有一大优势：这些小家伙美味无比！放心大胆地吃。

3. 服装法

"人靠衣装。"这句话你听了多少遍？

好啦，这话我们极为赞赏。不过，虽说人靠衣装，衣服大体上可是女人做的。所以，制作成品模特的大任将落在家庭女裁缝肩上。

选一块漂亮的花布，剪去针脚，不然你的小人儿会显得颤颤巍巍。事先让织物缩一缩水，不然你的小人儿会比你预期的还小。先把腰褶缝好，好好地把肚子拽一拽，不然你以后要后悔的！安拉链时要格外小心，安错了位置的话，会引起功能紊乱。剑走偏锋是好的，但也不能太偏！

这个小人儿是家居风格还是职业风格的，由你决定。如果你无法决定，做两个，轮着用。你的屋里一定得放上许多面镜子。这种方法做出来的人，就和虎皮鹦鹉一样，似乎非常自恋。

我们认识的一个极具创作天分的女人只用橡胶布就造出了一个人。后来她还用过自行车轮胎。太惊人啦！

4. 杏仁蛋白软糖法

我们总是觉得，小人儿如果体形娇小的话，操纵起来会更便捷些。好啦，我们来做一个小到可以玩弄于股掌之间的小流氓吧。

这些穿着华丽的小新郎往往定居在婚礼蛋糕上，制造他们需要在细节上下大功夫，煞是累人。但是，当成品面带虚假的温柔，从"七分钟出炉"牌蛋糕糖霜的顶层向你微笑时,你会觉得献给小刷子和食品染色剂的那些时间都值了!

我们对于眼下用塑料代替糖果的做法感到非常遗憾。起码的一点:当你突然有冲动——我们都有这种冲动——要把这些衣冠楚楚的小魔鬼卷入口中,舔去他们的外套时——你将无法体会到高潮。

5. 民间艺术法

你曾在别人家的后院里见过这些后脑勺绑着迷你风车的小可爱。他们用迷你锤子锤东西,用迷你锯子锯东西,或者只在微风过身时拼命抡动手臂。时不时地,他们会纹丝不动地站着,握着缰绳、灯笼或是鱼竿。其中的一些可能穿着土地神的行头。

为什么不给自己造这么一个机灵的家伙呢?只需在你丈夫身上裹一层熟石膏,然后……

肩章

当战争终于变得太过危险,或者说确切点儿,变得太过昂贵时,世界上的元首们便会开始私下会晤,想要找个替代方案。

"事情在于,"第一个发言人说,"当我们进行战争时,究竟实现了什么?"

"它刺激了相关经济领域的生产发展。"一个人答道。

"从中能产生出明白无误的胜利者和失败者,"另一个人说,"并且,它能使人们从日常生活的乏味和鸡毛蒜皮中暂时解脱出来。"

"扩张领土,"还有一个人说,"取得对女性和其他急缺产品的优先控制权。"

"它能振奋人心，"第四个人说，"总有一些东西变得岌岌可危。"

"很好，"第一个发言人说，"我们的替代方案必须能提供这些好处。"

* * *

一开始，世界上的领导人们把注意力聚焦在运动上，随之而来的是一场热烈的讨论。棒球、篮球、板球因为太随意而被一笔勾销了。有人郑重地提出了足球和曲棍球，后来大家发现，各国领导人中显然无人能在阿斯特罗草皮或冰块上坚持两分钟以上。一位对考古学感兴趣的领导人建议，采用玛雅人在下沉式球场内进行的一种古老游戏，伴随着堂皇的仪式，输家的脑袋会被割下。但是这种游戏的规则已经失传了。

"我们找错了地方，"来自小国家的一位领导人说，"把这些粗暴吵闹的游戏忘了吧。我们应该考虑鸟类。"

"鸟类？"其他人问道。来自历史悠久的政治大国的领导人礼貌地冷笑着，来自相对年轻、相对天真的国家的领导人则笑得不那么礼貌。

"鸟类展览，"发言者说，"雄鸟们披着艳丽多姿的羽毛昂首阔步，引吭高歌，抖动翎毛，表演舞蹈。雌鸟们在一边旁观，并选出胜者。这是一种简单的竞赛方法——我得添上一句——韵味隽永，优势多多。让我再补充一点，先生们，那就是，它在鸟类那里卓有成效。"

大国的领导们反对这一建议，因为这会迫使大国领导人在一个相对公平的基础上同小国领导人竞争。出于同样的理由，小国的领导们对此大为赞赏。由于在场的小国多于大国，这一方案终于在投票中胜出。

* * *

这就达成了今天这个皆大欢喜的局面。每年四月是决赛的时间。叽叽喳喳，满心期待的女人们蜂拥到全世界的足球场、板球场和回力球场中，每人都被给予一台投票机，里面设有从0到10的按钮。各国领导人分为六人一组进行比赛，赢家进入下一轮，直到决出全世界唯一的胜利者。

接下来的一年中,优胜者所代表的国家的国民会享受一些特权,包括:小范围抢劫(只包括百货商厦,而且只能在星期一进行);在餐厅里大声点菜,拍打桌面;让世界上所有其他国家的国民对该国国民的俏皮话报以笑声,态度要卑躬屈膝;约会优先权;剧院贵宾票;长达两天的强暴与洗劫活动,并可以在大街上喝得酩酊大醉并举行仪式。(由于人人都知道特权被安排在哪两天,每逢周末,他们便扒开窗板出门去。)赢家还能得到较为优惠的外币汇率,在鱼类加工业内得到最实惠的价格。每个国家只能享受一年胜利的荣耀,由于人人都知道下一年就会轮到别人——女人们会保障这一点——赢家对于比较极端的闹事方式更为自律。

* * *

这一竞赛本身又分为几个门类。每一类都是专为取悦女性的某一种脾气而设计的——尽管大家在判定她们都有哪些脾气这一问题上遇到了一些挫折。譬如,"芳香"类竞赛——把从竞赛者们的臭袜子、雪茄、穿过的T恤等物品中提取的精华素洒向观众席——就不得不中止了，因为有太多女性因此得病。但是比赛叫绰号、比赛肌肉伸缩、比赛谁穿得少——这些门类却未被取消。说笑话这项竞赛也保留了下来，因为众所周知，女人们喜欢有幽默感的男人，至少她们自己是这么说的。另外，必须唱一首歌，跳一支舞——表演吹笛子或者大提琴独奏亦可——还必须回答一道测试技巧的问题。每一位领导人必须描述自己最重要的兴趣爱好，并且用抑扬顿挫的声调当众演讲，宣布自己将来打算为人类的利益做些什么。这一特色环节大受欢迎，往往能引起不少掌声和笑声。

最棒的当数"军装"类竞赛。竞赛者们要沿着跑道，踩着铜管乐队的录音节拍走正步。我们见到的颜色是多么雍容华贵！那些金色的辫状彩饰是多么美丽，金属星星装饰的星空是多么耀眼！那灰头土脸的卡其布时代一去不复返了，甚至连海军蓝也惨遭淘汰：我们居住在孔雀的时代。肩章膨胀到了史诗那么大、那么宽；帽子上插上了羽饰，扎上了绸带，光彩夺目！这大大刺激了时装业的发展。

* * *

从我们的系统里诞生了一种新型国家领导人。首先是领导层的年轻化：腿脚利索；更富音乐才华；更幽默。

历史也开始被修改。勇敢的军事霸业、集体死亡、种族屠杀和其他炫耀征服者威力的标徽已不再那么重要。评判标准变啦。比如，有人说，拿破仑一踏进舞池就会罹患紧张性精神症，而斯大林穿一袭不合身的制服，同时又不会唱歌，因此这两个人不可挽回地走向了末路。

冷血

来自飞蛾星球的问候——致我的姐妹们,那些彩虹般夺目的生灵,产卵者,多面者。

我们终于成功地与此地的生物建立了联系。他们能互相交流,能在殖民地定居,能开发技术,在这些方面都与我们如出一辙。然而,正是在这些方面,他们还远远停留在一种落后而原始的状态中。

我们管他们叫"血生物"。在我们初次对"血生物"体内鲜艳的红色液体进行检验后——这种液体在他们的诗歌、战争和宗教仪式中似乎极其重要——我们假定他们没有会话能力,因为我们所能检验的那些样本完全不具备能说话的器官。他们没有可以用于振动的翅膜,事实上,他们连翅膀都没有。他们没有用来发吸气音的下颚,同时又对化学方法一无所知——这是因为他们没有触角。对于他们而言,"嗅觉"是一种无关痛痒的东西,他们只在脑袋的正面安有一个扁平的、不会发声的附加器官。但是有一次,当我们发现从他们口中发出的叽叽喳喳或是咕咕哝哝——尤其在他们挨掐时——其实是一种语言时,我们便取得了长足的进展。

我们很快就确认,这颗被我们命名为"飞蛾星球"的行星——我们是根据该星球上繁殖能力最强、最引人注目的物种来命名它的——被这里的居民称作"地球"。他们似乎是觉得,自己的祖先来自"地"这种物质;至少他们的大量迷人却毫无意义的民间故事如是说。

为了能和他们有些共同语言,我们问:你们在什么季节交配并吞噬雄性?想象一下,当我们发现同我们说话的尽是些雄性时,我们该有多么尴尬!(很难分辨他们的雌雄,因为他们的雄性并不像我们的那样体格娇小,反而要大一些。同时,他们又缺少与生俱来的美貌——花纹璀璨的甲壳啦,晶莹剔透的翅膀啦,水灵灵的冷光眸子啦——为了模仿我们,他们在身上挂满了各种五彩缤纷的布片,把生殖器遮掩起来。)

我们为自己的失礼道歉,开始询问他们的性生活习俗。想象一下,当我们发现在他们之中不是产卵者,而是雄性占据显赫地位时,我们感到多么恼怒,多么恶心!姐妹们,尽管这在你们看来很反常,他们的领导人主要都是雄性,这或许能解释他们相对落后的状态。另一件不得不提的怪事是,尽管雄性经常以其他方式屠杀雌性,却很少在交配后把她们吞进肚里。这是对蛋白质的赤裸裸的浪费。但他们就是这么一种挥霍的生物。

我们感到烦恼,很快便不再谈论性问题。

接下来,我们问他们:你们什么时候化蛹?就如在"衣服"——就是刚才提到过的那种布片——问题上一样,我们发现,在化蛹这件事上,他们也正在摸索着向我们看齐。在他们生命中某个无法确定的阶段,他们会把自己装进某种人造的石头或木制的茧或蛹中。他们觉得有一天,自己从这玩意儿里出来时会获得另一种形态,他们通过画自己长翅膀的肖像来表现这种愿望。然而,我们却没发现有什么人确实做到了这点。

现在应该提一下,飞蛾星球上不仅有上千种在我们中间已经声名赫赫的飞蛾,还充斥着大量多姿多彩的生灵,他们全都长得像我们那遥远的祖先。看起来,我们过去的某项殖民活动——这事儿太过久远,以至于史料上都没有记载——还是取得了一定成果的。不过,尽管这些生物数目庞大,头脑聪颖,体格却小得很,其组织社会的方式也原始得很。我们试图与他们展开交流,但迄今为止成果有限。"血生物"对他们充满敌意,向他们使用许多有毒的喷雾剂、捕笼等,更别提那种恶毒的叫作"苍蝇拍"的手动工具了。看到那些腰圆膀粗的疯子朝体形娇小的无助者挥动这种折磨人的、致命的器具,这可真让人痛心疾首。然而,外交原则不允许我们出面干涉。(幸运的是,"血生物"对于我们如何用自己的语言谈论他们一无所知。)

虽然面对着种种旨在毁灭他们的器械,我们那些遥远的祖先却丝毫不甘示弱。他们吃庄稼和家畜,甚至吃"血生物"的肉。他们住在"血生物"家里,吞噬他们的"衣服",在他们的地板缝里藏身,并且茁壮成长。到了"血生物"们繁殖了太多后代的那天——他们似乎正打算这么做——或是互相屠杀殆尽的那天,我们那在数目和适应性上都更胜一等的族人就可以高枕无忧地取得理应属于他们的统治权了。

这一切并不会在明天发生,但一定会发生。你们都知道,姐妹们,一直以来,我们就是一个有耐心的族类。

出海的男人

现在,关于女人,你可以不必再多费唇舌了。在餐馆里,在咖啡吧里,在酒吧里(这种情况要少见一些),关于亲戚、关系、风流韵事、疾病、工作、孩子、男人;关于那些差异、驼背、暗示、本能、阴影;关于他们自己,关于彼此之间;关于他同她说了什么、她同她说了什么以及她又回敬了些什么;关于他们的感受——不必再费唇舌。

说些更确定、更明显的东西。说说行动。抽干体内的沼泽,掸掸里屋床上的里被,把边缘搞搞毛糙。譬如,可以说说出海的人。不是乘坐潜水艇出海,那会让人得幽闭恐惧症,味道也不好闻。说点儿更令人振奋的:说说盐的刺鼻气味和冷水,说说它们如何漫上你僵硬的身体，说说切伤和瘀青、飓风、大无畏精神。但首要的是，别谈女人。女人已被水取代，被同样变幻莫测与靠不住的风和海洋取代。男人们得知道如何航行，如何扬帆，如何把水从船中舀出，如何寻找导航手册。他是这么对他说的——或许并没有说——你该眯起眼睛，在撞上冰山之前估算出它的体积，把刀握得紧紧的。现在，一个浪头打来了，你得抓住横桅索，咬紧牙关，让肌肉块块凸出。或是蹑手蹑脚溜过舷梯，穿过出入口，走下通行道，穿越银河——在一片黑暗中，你的眼睛像数字手表那样熠熠生辉，周围满是灌木、水桶、排水孔、壕沟，里面充斥着臭烘烘的敌人，你却不得不在肾上腺激素和抢劫本能的左右下继续潜行。你的尸体在你身后溶化，此时你终于到达了洞穴，找到了被弃的城市、保险箱、滑动板和地上的洞穴——变得比你最肆虐的狂想还要富裕！

现在怎么办？去餐馆里把钱花了，花在某个女人身上。于是我来了，又回到这永恒的餐桌边，这餐桌的存在是为了让她可以把肘子支在上面，俯看一杯酒，听他说话——他会说什么呢——他告诉她，他是如何排除万难，来此地见她的。她说：但是你感受到了什么？

他的眼珠疯狂地左右打转，就在眨眼的一瞬间，他要努力想到一些别的东西，一棵仙人掌，一只海豚——当诱惑的浪潮冲泡着脚下的地毯，当新鲜的风在桌布间拂过——千万别露马脚。它们包围着她。现在，每个和男子共坐一桌的女人都能看到：茫然的男人[1]。

---

1 茫然的男人，双关语。原文为Men, at sea，即"出海的男人"。

外星领土

1

他认为自己身处外星领土。不是他自己的地皮——外星人的!听!红色河流的潺潺声,薄暮时分树叶的窸窣声——总是在薄暮时分,在昏暗的星垂下——沉甸甸的大海令人安心,涛声起先是宁静恬淡的,后来却变作——没错——变作原住民的鼓声:敲击,敲击,更响,更快,更低沉,更缓慢。它们心里是否怀着敌意?谁知道。你毕竟看不见它们。

他睡了又醒,醒了又睡,突然间,一切都成了运动、苦难和恐惧,他在一片刺目的光芒中喘着粗气,进入了一个更危险的地方。在那里，食品稀缺，两个魁梧的巨人站着看守他的木制牢房。他大声呼救，把牢门摇得咔咔响，却没人前来解放他。其中一个巨人脾气暴躁，周身覆着毛发，握着一根大棍。另一个脚步要轻柔一些，将两条硕大的鸭绒被自私地据为己有，不肯给他。两个人的外貌都与他大相径庭，操一口听不懂的方言。

外星人！他能做什么呢？更糟的是，他们还让野生动物包围了他——熊、兔子、猫——全都经过了阉割，因为他一看再看，发现它们至多只有一条尾巴。外星人也给他安排了被阉割的命运吗？

"我从何处来？"他不止一次地问。"来自我。"胖巨人慈祥地说，仿佛他该为此感到高兴。"从哪儿来的？从什么地方来的？"他掩起了耳朵，把谎言、耻辱和恐惧关在耳外。他不能去想这个，他受不了这个！

难怪他一有机会便爬出窗口，加入另一帮探险家的队伍中去。他们全部都是流亡者和移民，与他如出一辙。他们一起踏上了孤独的旅程。

他们在搜寻什么？故乡。真正的祖国。那孕育了他们的地方。绝不可能是此地。

2

人人生来平等，说这句话的人不是极端乐观，就是极端淘气。要是他能乖乖闭嘴，有多少焦虑本可以避免！

西格蒙德[1]在最关键的一幕戏上出了岔子：老妈和老爸，钥匙孔里窥见的光景。的确，这或许令人不安——但还有另一种可能：

五个男人站在门外，向路边的积雪、一条河、树林下的草丛里小便，装作没往下看。或许他们的确没往下看，而是昂起头凝望着星空。这就是天文学的起源。

---

1 指西格蒙德·弗洛伊德（Sigmund Freud）。

不光是天文学,量子物理、工程学、镭射技术、零到无限之间的一切计算都是这么来的。某样抽象而安全的东西,与你无关;从偏执地对尺寸着迷到对任何东西着迷。上帝,上帝,他们测量万物:大金字塔的高度、指甲生长的速率、细菌的繁殖、海里的沙粒、能在一根针的针头上舞蹈的天使的数目。距离证明上帝是一道方程式仅有一步之遥。上帝不是人,不是一具身体,但愿不是。上帝与你并不相像,不是个不得不脚踏实地的家伙——没有面积,因而也没有痛苦。

当你感觉忧郁时,只需继续吹响口哨;继续测量。只要别往下看就好。

3

战争的历史是被屠杀的身体的历史。战争是这样的:身体屠杀别的身体,身体被别的身体屠杀。

有一些被屠杀了的身体是属于女人和小孩的——你或许会说,这不过是某种副作用。辐射尘、榴霰弹、凝固汽油弹、强暴、人肉宴、杀伤性武器。但大部分遭屠杀的身体是男人的身体。大部分屠杀别人的身体也是。

男人们为什么想要屠戮其他男人的身体？女人们可不想屠戮其他女人的身体——据我们所知，大致是这样。

一些传统的理由：抢劫、领土、权欲、荷尔蒙、肾上腺素、怒火、上帝、旗帜、荣誉、正义的愤慨、复仇、镇压、奴隶制、饥荒、保护生命、爱情——或者说，保护女人和孩子们的欲望。保护他们不受谁的欺侮？其他男人的身体。

男人们最害怕的不是狮子，不是蛇，不是黑夜，不是女人。再也不是了。男人们最畏惧的是其他男人的身体。

男人的身体是地球上最危险的东西。

4

另外，我们也可以说，男人根本不具备身体。看看那些杂志吧！女性杂志的封面上是女人的身体，男性杂志的封面上也是女人的身体。男人只出现在关于钱和世界新闻的杂志封面上——侵略战争、火箭发射、政变、利率、选举、医学上取得的新突破——现实，而非娱乐。这类杂志只展示男人的脑袋：面无微笑的脑袋、说话的脑袋、做决定的脑袋——顶多只能瞥见西服一角羞怯的一闪。我们如何能知道，在那些谨小细微的斜条纹衣物下藏着身体？我们不能。或许那下面没有身体。

这将把我们引向何方？女人是附带一个脑袋的身体，男人是附带一个身体的脑袋？或许不是。得看情况。

不过，如果你是摇滚明星、运动员，或者同性恋模特，你就可以拥有一具身体。如我所言，娱乐至上。拥有一个身体可不是件特别庄重的事儿。

5

问题是,男人的身体不靠谱。好吧,有时可靠,有时不。就甭提什么意志的胜利了吧。男人是其身体的傀儡,或者说,身体是男人的傀儡。他俩互相愚弄,它总在错误的时间令他耷拉或是勃起。他不妨努力望向教室窗外,背起九九乘法表,装作没事儿人——至少面部可以保持不为所动。而它——唉,养一只训练有素的狗还容易些,十有八九,你让它干什么它就会干什么。

另一个问题:男人的身体是可拆卸的。想想雕塑的历史吧:那要紧的部位不是在革命中,就是在运送途中,或是为了恪守清规而被轻而易举地敲下来,取而代之的是粘上去的玩意儿:树枝或葡萄;或者,在纬度更高的地方,人们使用枫叶。刹那间,男人就得和自己的身体分离。

过去的日子里,你得通过流血才能成为男人:切割、文身、树木的裂片;通过私处的伤口,通过咬紧牙关忍受疼痛，通过在宿舍里挨别的男孩子一顿痛打——用一块木桨，你还得在上面刻字。折磨是丰富多彩的，但总是折磨。"是个男孩！"他们欢喜地尖叫起来，"让我们切点儿什么下来吧！"

每天早晨我都要跪倒在地，感谢上帝没把我创造成一个男人。男人的命运注定变幻莫测。男人总是听凭自己摆布。男人离悲伤总是仅有一步之遥。男人得"像个男人那样"承受一切。男人不得伪装。

同情心就在欲望和律法、名词和动词、意图与伤害、向往和拥有的缝隙间滋生着。

6

蓝胡子[1]携第三个妹妹私奔，把她锁在宫殿内。她不仅美丽，而且冰雪聪明。"亲爱的，这儿的一切都是

---

[1] 法国民间传说人物。根据传说，蓝胡子杀害了自己的几个妻子，并将尸体都藏在一个房间里。

你的,"他对她说,"唯独不要打开那扇小门。虽然我会把钥匙给你,但我希望你不要使用它。"

不管你信不信,这个妹妹其实是爱着蓝胡子的,尽管她知道他是个连环杀手。她在宫殿里四处游荡,对珠宝和丝绸衣裳不闻不问,对成堆的金子看也不看。她翻找了药箱和厨房抽屉,想要找出通往他的怪癖的线索。因为她爱他,她想要理解他。她也想要治愈他。她觉得自己有医疗的天赋。

但她收获甚微。他的衣橱里只有西装、领带和配套的鞋子,以及一些随身穿的衣物、一些高尔夫球具、一只网球拍和几条他在耙树叶时才套上的牛仔裤。没什么不寻常的东西,没什么古怪的物品,没什么邪门之物。她不得不承认,自己有一点儿失望。

她不费吹灰之力就找到了他以前的女人们。她们被储存在亚麻织物柜里,整齐地切开,熨平,折叠起来,上面撒着樟脑丸和薰衣草。单身男人总会习得这样一些家务技巧。这些女人没给她留下什么特别的印象,只有一个例外——那个女人看起来很像她母亲。她戴上橡胶手套把她取了出来，塞进花园里的焚化炉烧掉。或许她真的是她的母亲，她想，如果真是这样，这下可彻底摆脱她了。

她翻阅了他收藏的大量烹饪书，并参考被翻旧的那几页上的菜谱做了晚饭。用餐时，他彬彬有礼，把谈话引向这一天所发生的事情。她温柔地说，希望他能多谈谈自己的感受。他说，如果她的感受和他的一样，就不会想去谈它们了。这燃起了她的兴趣。现在，她更爱他了，也比以往任何时候都更加好奇了。

好吧，她想，别的方法她都试过了，除了那扇小门，再没有其他谜底。不管怎么说，是他把钥匙给她的。她等到他去了办公室，或是随便什么地方时，便径直朝小门走去。当她打开门时，里面只有一个死去的孩子。一个小小的死孩子，眼睛睁得圆圆的。

"是我的，"他说着，走到她身后，"我生了他。我警告过你的。你和我在一起不快活吗？"

"看上去很像你。"她说。她没有转身,也不知道该再说些什么。她意识到,他的神志绝对不正常,但她仍希望能说上几句,好让自己脱身。她能感觉到爱意从自己体内喷涌而出,她的心脏变成了干燥的冰。

"是我的,"他忧伤地说,"别害怕。"

"我们这是要去哪儿?"她说。因为此时天色暗了下来,而地板却突然消失了。

"更深处。"他说。

7

那些家伙。女人为什么喜欢他们?他们什么都提供不了,那些寻常的好东西他们都没有。他们有的是持续不了多久的注意力、穿破的衣服、开起来嘎吱响的老爷车——如果他们有车的话。那些车总是抛锚,他们试图修复它们,却徒劳无功,于是他们放弃了。他们会散上长长的一段步,却忘了回家。比起花卉,他们更爱草籽。他们撒些无关紧要的小谎。他们用橘子和碎裂的琴弦表演拙劣的小把戏,绝望地渴望着笑声。他们不会把食物送上桌。他们不赚钱。不赚,赚不了,不愿赚。

他们什么也不提供。他们提供一整片雄伟的空白:冰雹中一片看不见的天空,这一夜的月亮与下一夜的月亮之间黑黢黢的停顿。他们提供自己的贫乏,那只空空如也的木碗,乞丐的木碗,他们唯一的天赋在于乞求。向下看得深些,一直看进去,那儿有一些烟雾般蜷缩起身子的潜能。你或许还能听到一些什么,却无一人言语。

不过,他们还有身体。他们的身体和其他人的身体不同,他们的身体被词语重构了:嘴、眼睛、手、足——他们如是说。他们的身体具有重量,会和你的一样,一步一步地,在地面上移动。像你一样,他们在日光的炽热淤泥里打滚儿;像你一样,他们为清晨感到惊喜;像你一样,他们可以啜饮微风;像你一样,他们歌唱,爱人——他们如是说——当他们这么说的时候总是真诚的,这点也同你如出一辙。他们也可以说欲望,也可以说恶心。否则你就不会信任他们。他们能够说出你能想象的最糟糕的话。他们打开锁住的大门。所有献给他们的东西都将得不到任何回报。

他们还有脾气。他们还有绝望,那绝望就如灰墨水般没过他们的头顶,使他们成为废物,一动不动地坐在厨房的金属椅子上,旁边是关上的窗。他们看出去,外面是废弃工厂的砖墙,他们可以这么看上许多年。然而虚无如影随形,虚无对他们忠心耿耿,从虚无那里,他们带回了自己的信息。

"痛啊。"他们说,顷刻间,他们的身体又疼痛起来,像一些真正的身体那样。"死亡。"他们说,让这个词听起来像是逆流的波浪。他们的身体死去了,开始抖抖颤颤,化作雾霭。但是,他们能同时在两个世界内生存:在土壤里迷失或被火焰吞没,同时又在此地。在这间屋里,当你重新描述他们时,他们就存在于自己的言辞之中。

然而,女人究竟为什么爱他们?我的意思并不是说

"崇拜"。(记住,虽然如我所言,他们只有生锈的汽车,油腻腻的衣橱,不会做早餐——但他们经久不衰地拥有一样东西:无望。)

因为,如果他们可以重新描述自己的身体,他们也可以描述你的。因为他们可以说"皮肤"一词,仿佛别有深意——不仅对自己,也对你。因为某天晚上,天落着雪,月亮又被遮蔽,他们可以把自己空空如也的双手,被贫乏充满的双手,乞丐的双手——放在你的身体上,为它祈福,告诉你:这个身体,这个身体的材质乃是光。

历险记

这个故事是我们的祖先,以及祖先的祖先讲的。这不仅仅是个故事,还是真人真事,最后,还有证据。

那些即将上路的人首先必须做好准备。他们必须身强力壮,摄入充足的营养,他们还得有目标感、信仰和坚持到底的决心,因为旅程遥远坎坷,沿途危险重重。

他们在准确的时刻集中在事先约定好的地点。这里混乱不堪,人们绕着圈子跑来跑去,毫无秩序可言,也没有一群立过誓的同道从人群中现身。气氛很紧张,希望令他们激动。现在,尽管一些人还没准备好,但冒险已经拉开了序幕。无畏的冒险团——我无法确认他们的人数，总之是不少——如离弦的箭，射入那黑暗的、被颤抖的红光微微照亮的隧道。现在，他们去往相同的方向，也就组成了一个冒险团。安全的故乡落在了身后，他们以比思想更迅捷的速度横渡隔在中间的海洋，进入了异域：那是个热带入海口，有许多山凹和小海湾。水是含盐的，植被似乎是亚马孙河流域的，前方的大路被浓雾遮蔽，看得不真切。怪异的走兽——或是鱼类？——十面埋伏，朝流浪者身上扑将过来，杀死了其中的不少。其余人则迷了路，四处游荡，直到体力不支，就此凄惨地死去。

现在，道路变窄了，幸存的人抵达了大门。大门关着，但他们把各种咒语试了又试，好啦，看！门变软了，融化了，变成果冻，他们穿了过去。魔法依然有效，一股看不见的力量正庇佑着他们。又是一条隧道。他们必须簇拥在这里，朝上游游去，两岸曲折蜿蜒，是一种岩浆般的液态质地，他们必须互相搀扶，只有同心协力，他们才可能成功。

（你或许会想，我在谈论男人间的友谊，或是男人间的战争。不。这些人中一半是女人,她们游泳,互助,牺牲,和其余人一模一样。)

现在,出现了一处宽阔的出口,夜空的穹隆在他们的头顶上延伸开来。或者,我们已经到了外太空,进入了你看过的一切关于火箭的电影中?不管怎么说,天气还算暖和,冒险团虽说人数骤减,却依然稳步前进。是什么驱动着他们?对财宝的贪婪,对新的家、征服世界、抢劫敌方根据地的渴望,对圣杯的追求?现在,单枪匹马的时候到了。这项使命变身为一场赛跑,只可能有一个胜者。此时在他们前方,那颗人人渴慕的、硕大的、通体晶莹的行星涌动着扑入了眼帘,像一轮月亮、一个太阳、一幅上帝的肖像,圆满、完美。那是目标。

再见了,我的同事们,再见了,姐妹们!你们死去是为了我能活下来。我要只身一人进入花园,而你们必须在外面的黑夜里憔悴、凋零。说完这句话——如你所知,现在,与其说我是在讲故事,不如说我是在进行一场回忆——胜利者进入了行星的巨大圆周,被天堂柔软的粉红色大气吞没了。他下沉,深入,蜕去了那层束缚人的"自我"之壳，融化、消失……世界缓慢地爆炸着，成倍增加着，旋转着，永不停息地变幻着。就在那里，在那沙漠天堂中，一颗新孵出的恒星闪耀着，既是流亡所，又是希望之乡；是新秩序、新生的预告者；或许还是神圣的——而动物们则将重新被命名。

硬球

仿佛一颗陨星，一颗人造卫星，一只硕大的铁球，一辆拐进了错误弄堂的两吨卡车，未来从山坡上朝我们径直滚来。刹车已经失灵，是谁的错？没时间考虑这些。一眨眼工夫，它已经到来。

这未来是多么圆满，多么坚定地荷载着重物！多么精湛！尤其对那些能支付得起代价的人而言，它饱含着怎样的奇迹！这些是选中之物，你将会通过果实了解它们。它们结出草莓、小李子或葡萄，它们的果实可以种植在水培蔬菜或吸收毒素的观赏植物旁边，可以种在相对狭小的空间里。空间——当然是指生存空间——那是额外的优势。我们认为所有算不上生存空间的空间都是死的。

生存空间处在富丽堂皇的穹隆之下，那是感官愉悦的穹隆，劳逸结合的穹隆，透明的泡沫穹隆，它阻挡致命的宇宙射线，不让硫酸雨侵入。在外面，空气已不复存在，我的意思是，那不再是空气。当然，你可以望出去：看看太阳，一天里的任何时刻它都是红彤彤的，看着它从粗糙的岩石和流沙上升起，看着它经过粗糙的岩石和流沙，看着它从粗糙的岩石和流沙背面落下。令人击节的光效。

但呼吸是不必谈了。你不得不在此处，在里面呼吸，而且，你越是有钱，就呼吸得越好。屋顶公寓昂贵无比，经济房又被挤得水泄不通，并且——相信我——臭气熏天。好吧，如他们所言，空气只有这么点儿，不够大伙儿均分。那样，你就没有动力完成必要的工作，做出必要的牺牲，没有动力艰难地挪到上方，去那淡粉色草莓和米黄色胡萝卜终将生长的地方——人们相信它们终将生长。

还有什么吃的？好啦，再也没有汉堡包了。奶牛太占地方，不过，人们还在零零星星地养殖小鸡仔和兔子：它们繁殖得很快，个子也小巧。当然了，低处还有老鼠，如果你能逮住它们的话。想象一下，地球就是一艘十八世纪的邮轮,载满了偷渡者,却没有目的地。

不消说,鱼是肯定没有的。大洋里浪声哗哗,那里曾是纽约城的残骸,那里肮脏的水域中什么都没剩下。若你喝得酩酊大醉,也可以去潜水,权作度假。通过气闸盖走,潜入一去不复返的某个时代的罗曼司中。不过,那儿会刮起一阵对任何人都没好处的妖风。街上再也没有罪犯,想想吧——这又是一个优势。

* * *

回到食物问题上来,这个问题永远趣味盎然。我们正餐吃什么呢?铺满整个地板的豆芽?除却淡而无味的食品装饰和微不足道的开胃菜,主要从哪儿摄入蛋白质?

想象一下,地球是一艘十九世纪的救生艇,在广渺无际的大海上漂浮,满载着遇难者,却没有救生员。过了一阵子,你们没有吃的了,也没有淡水。除了身边的难兄难弟,你们一无所有。

干吗要有洁癖呢?不妨说,我们已经明白了挥霍的坏处。或者说,最终,我们都为整体的利益做出了自己一份薄弱的贡献。

事情是电脑办成的。每有一个生命降生，就必须有人死去。万事万物都将按自然定律化作粉末。你不会再认出任何单件物品，比如手指之类的。想象一下，地球是一只坚硬的石球，生命已被消磨得干干净净。这其实是有好处的：再也没有蚊子，你的车上也再也不会有鸟粪。事物积极的一面是求生的好帮手，所以，尽量多瞅瞅那一面吧。

你说，我没有必要这么粗蛮，这么口无遮拦，说得绘声绘色。你想要事物遵循原先的轨迹发展下去，每天吃五顿丰盛的大餐，新的塑料玩具，省油的离心力轮胎，照常发工资，烟囱里照常烟雾袅袅，一成不变。你不喜欢我说的未来。

* * *

你不喜欢这份未来？把它合上。另点一份。把这一份还给寄件人。

我的蝙蝠生涯

1. 转世投胎

我的前世是一只蝙蝠。

如果你觉得"前世"这个概念太滑稽或是太离谱,那你可不是个严肃的人。想想吧:许多人都相信前世,如果说,明智取决于多数人对于现实内容的看法,你又有什么资格提出异议?

再想想:前世已经进入了商业圈,可以从中赚钱哪。你曾是埃及艳后,曾是佛兰德公爵,曾是一位德鲁伊派教士——货币几经易手。如果股市存在的话,前世也必定存在。

在前世的市场上,对秘鲁矿工的需求比不上对埃及艳后的需求，也比不上对印度洁厕工，或是对1952年住在加州错层式房屋中的主妇的需求。同理，我们之中可没多少人愿意记住，自己的前世曾是秃鹰、蜘蛛或者啮齿类动物。不过也有例外。那部分人是幸运的。传统的观点是，转世投胎为一种动物是对过去罪孽的惩罚，可是，这也可能是一种犒赏呢。至少，你有了一个安息之地，在这一幕与下一幕之间得到了福祉。

蝙蝠不得不忍受一些事，但它们不造成痛苦。它们杀生时决不手软，却不带着憎恨。它们对该诅咒的怜悯之情是免疫的。它们永不幸灾乐祸。

2. 噩梦

我总是重复做着噩梦。

其中的一个梦中，我正朝一间避暑茅屋的屋顶爬去，与此同时，一个穿白短裤和白色V字领T恤的红脸男人正上蹿下跳，用一只网球拍揍我。他的头上是雪松木的椽子，上面钉着黏糊糊的捕蝇纸，像有毒的海藻般来回晃荡着。我向下看去，看到了那个男人的脸：那是一张按透视原理缩小的脸，汗水涔涔，蓝色眼珠暴起，口中吐出愤怒的啸叫。那张脸像一叶浮舟般浮起来,沉下去,又升起来,似乎有气浪托着。

空气本身就很浑浊,太阳正在下山,暴雨将至。一个女人正尖叫着:"我的头发!我的头发!"另一个人嚷着:"安西娅!把梯子拿来!"我只想从纱窗洞里爬出去,但那需要集中精神,在这一片喧嚣声中我无法集中,他们干扰了我的声呐。飘来一股肮脏的浴室防滑垫的气味——是他的呼吸,那呼吸自他每个毛孔中渗出,怪兽的呼吸。这一遭我若能活下来,简直是红运当头了。

在另一个噩梦中,我翱翔着——我想,你会管那叫作拍打翅膀——穿过黎明前如洗的曦光。那是一片沙漠。丝兰正在盛放,我一路牛饮它们的花汁,大嚼它们的花粉。我正往家中赶,我那岩洞里的家在烈日炎炎的白天总是清凉无比,还能听到水滴穿过石灰岩的声音。岩块披上一层微光粼粼的外衣,像新生的蘑菇一样湿润、寂静。其他蝙蝠则在洞里叽叽喳喳地交谈,或是窸窸窣窣地飞动,或是打着瞌睡,直到夜幕再度降临,使炙热的天空变得温柔一些。

但是,当我到达洞穴的入口时,它被封上了。堵住了。会是谁干的？

我鼓动翅膀，像一只被强光刺瞎了眼的飞蛾，在坚硬的石面上盲目地乱嗅一气。要不了多久，太阳就会像一个着了火的气球般升起，我就会被它的目光灼焦，枯皱成一堆细小的骨头。

是谁曾说过：光是生命，黑暗是虚无？

对我们中的一些人而言，神话故事的版本各不相同。

3. 吸血鬼电影

渐渐地，我意识到自己前世的属性：不仅是通过梦，还通过断断续续的记忆、暗示、顿悟的古怪瞬间。

比如，我嗜好黎明和黄昏的微妙时光，而不是吵吵嚷嚷的、粗俗的正午。参观卡尔斯巴德岩洞时，我有似曾相识的感觉——我从前一定来过这里，很久以前，在他们还没有安装蜡笔般的聚光灯，给钟乳石标上可爱的名字，建造地下餐馆之前。那种地下餐馆啊——你可以同时体验幽闭恐惧症和消化不良，然后搭乘电梯回到地面。

另外，我也不喜欢人类的满头毛发，那和网，还有有毒的水母的卷须是多么酷似啊——我最怕纠缠不清。真正的蝙蝠是不会从颈部吸血的。脖子距离头发太近啦。就是吸血蝙蝠也会瞄准某个无毛的端点：它们会选择脚趾，虽然那看上去很像是母牛的乳头。

在我看来，吸血鬼电影总是愚蠢至极，不光是出于上述的原因，还因为其中的蝙蝠都是白痴：巨大的橡胶蝙蝠，眼睛红得像圣诞彩灯，尖牙像是老虎嘴里的刀牙；它们总是乘着细绳索飞来，傀儡般的翅膀慢条斯理地拍打着，像是某种蹒跚的、退化的肥鸟。在这种戏剧化的时刻我总是失声尖叫，不是因为恐惧，而是因为愤怒而放声大笑：他们竟敢如此侮辱蝙蝠！

哦，德古拉，你这不靠谱的英雄！哦，飞行的白血病患者，你披着那顶斗篷就像一把有生命的雨伞；仿佛你从自己体内掏出并展开一块薄膜，把它像脱衣舞娘的扇子一样挥动着，自己怀着憔悴的欲望，俯身凑近随便哪个渴望湮灭的女人无暇而冷漠的脖子。眼下，她正穿着她最好的长睡衣。那偷走了你灵魂的人为何只把你变成蝙蝠或狼，而不作他想？为什么不变成吸血花栗鼠、吸血鸭、吸血沙鼠？为什么不是吸血龟？这故事可不赖。

4. 作为致命武器的蝙蝠

在第二次世界大战期间，人们的确是用蝙蝠做实验的。正午时分，成千上万的蝙蝠被释放到德国城市的上空，每一只身上都安有定时燃烧弹装置。蝙蝠们会按照自己的习性，朝阴暗的旮旯地扑去。它们会钻入墙洞里，或是在屋檐下觅一个隐匿的藏身所——终于安全了！它们大松了一口气。预定的时刻到来时，它们就会爆炸，而城市也会在火焰中化为灰烬。

计划是这么制订的——"燃烧的蝙蝠"屠城计。当然了，蝙蝠也难逃一死，这种大面积死亡还是可以接受的。

城市倒是在火焰里化为灰烬了，但不是在蝙蝠的帮助下。人们发明了原子弹，不再动用燃烧的蝙蝠了。

如果当时的确使用了蝙蝠，人们会为它们竖立战争纪念碑吗？似乎不太可能。

如果向人类提问：更让你起鸡皮疙瘩的是什么呀，

蝙蝠还是炸弹？他会说：蝙蝠。要对区区一种金属发生不适感可并不容易，无论那金属看起来多么不祥。不适感是专门留给有皮有肉的生灵的——和人类不一样的皮肉。

5. 美

或许，发挥幕间休息功能的并不是我的蝙蝠生涯，而是此生。或许，我转世为人，是为了履行某种危险的职责，为了拯救并赎回我的同伴们。当我取得了小小的成功，或是不幸牺牲了——因为，敌人如此强大，任务如此艰巨，失败的概率比成功更大——我会获得再生，投胎为另一种生灵，在真正属于我的另一个世界中。

我对这件事的渴望与日俱增。我将怀着加速的心跳，轻快地纵身跃入拂晓花朵的蜜露中，在夜晚的红外线中盘旋不定；我将在湿漉漉的、慵懒的白天半睡不醒，身体如长有茸毛的李子般柔软圆润，身边的母亲们正轻轻舔着新生儿惊讶的面庞；我将对接下来要发生的事怀有轻捷的爱恋，等待着舌头，等待着一只层叠的、起皱的、卷起的鼻子，那鼻子犹如一片枯死的树叶，犹如散热片，冥王星居民才有的鼻子。

黄昏时分，会响起赞颂我们造物主的超声波颂歌。蝙蝠的造物主们以蝙蝠之身出现在我们面前，他赐予我们一切：水、岩洞内液态的石头、阁楼——木制的藏身所、花瓣、水果、多汁的昆虫、美丽滑腻的翅翼、锋利的白色犬齿和闪闪发亮的眼睛。

我们为何祈祷？像所有人一样，我们祈祷食物，祈祷健康，祈祷种族的繁衍；我们为从恶魔那里脱身而祈祷，对于恶魔，我们无法解释：他长着毛茸茸的头发，夜晚凭借一只看不见的白色眼睛走路，散发出只消化了一半的肉类的气味；他还有两条腿。

岩穴与洞室之女神啊，庇佑你们的子民吧。

神学

在学校里,我们总是祈祷。这毫无意义。每天清晨,我们在本班教室里读上一会儿《圣经》,集会时再读一会儿。那当儿,校长的嘴虔诚地对着扩音器;大礼堂内淡绿色一片,好似医院;一排排崭新的座椅中发出低语和窸窸窣窣的声响。祈祷过后是每日例行的关于"捡起口香糖包装纸"的布道——这是个人人梳着鸭尾巴发式的年代,到处有人嚼口香糖。

有一次,拉丁文教师用一种惊骇的声调说:"别把考勤卡放在那里!不准放在《圣经》上!"

我在祈祷时,有时在拉丁文课上,往往会这么想:如果天堂是个比人间更值得青睐的妙处,那么谋杀一个好人为什么是一件坏事?你这不是帮了他们一把吗？——反正他们迟早都要去那里的。只有谋杀坏人才是一件坏事，因为，反正他们是上不了天堂的。不过，如果他们足够坏的话，被人杀死也是罪有应得。所以，各方面考虑下来，无论杀好人还是杀坏人都是好事一桩：杀好人是成人之美，杀坏人是行使正义。

从家里去学校的路上，经过天花板上缀满了湿纸团的湾景电影院时，经过光线黝黯的克莱斯格时——那里铺着木头地板，有染色羽毛制成的胸针，为了展览需要，镀金画框里镶着十年前电影明星的色泽晦暗的相片。传说中，你只要学年成绩不合格，或是在后排的座位上重重跌下来，就得上这儿来工作——我对我的朋友S说了这些想法，只说了一部分。那时我们还穿着铅笔裙，短外套，棉绒芭蕾舞鞋——这种鞋子穿过几次后，足弓处就会瘪下去。

让我感兴趣的是那些合乎正义的谋杀，以及会进行这类谋杀的人。对这个，我颇有些看法：哪怕在高中教师的队伍中，你也能分辨出谁会袖手旁观，谁会兴致勃勃，谁会说"这么做最好不过"。在我看来，已经不需要宗教了。

我的朋友S加入了一神教，他们的歌声难以入耳，观点却很和善。圣诞期间,她家的圣诞树是按一个主题装扮的:要不就全是蓝色薄纱,要不就挂满银色小球,不像其他人家那样五色杂陈。

S对谋杀理论进行了一番思索,但是为时不久。她觉得我是在开玩笑。

时不时地,她会说:"上帝就是人们心中的善。"

"就好像牛奶中的维他命?"我会这么问,"那么,要是大家都死了,上帝也就不复存在了?"

"对啊,"她会说,"我不清楚。我要抽根烟。别让我晕头转向啦。"

天使

我知道自杀天使是什么样子。我见过她几次。她在我身旁逡巡。

你会在四面八方邂逅天使的肖像,而她和那些古典画里的天使完全不同,没有鬈曲的秀发、楚楚的睫毛;她和圣诞卡上那些洁白可人的天使也不一样。上述肖像常在天使的脚上大做文章——她们总是光着脚,我猜,这大约是为了说明天使不需要穿鞋吧。她们行走于铁钉和煤炭上,有着阿司匹林的心脏,蒲公英种子的脑袋,空气做的身子。

不,自杀天使可不是这样的。她稠密,因充满反物质而滞重,一颗暗星。尽管有种种差异,她和其他天使仍不乏共通之处。所有的天使都是信使,她也是,这并不意味着所有的信使都会送来佳音。天使们带来不同的讯息，她们因而属于不同的族群，譬如失明天使、肺癌天使、癫痫天使和毁灭天使。毁灭天使同时是一株蘑菇。

（你见过雪天使吧：冷冰冰的、毯状的，你自身的形象，你曾填充过这个轮廓。她们也是信使，她们来自未来。她们说，你将来就会是这副模样，或许你现在就是这副模样：就像光束扫过某片空间，如此而已。）

天使以两种形象现身：坠落型和非坠落型。自杀天使属于坠落型，她穿越大气，堕及地表。或者，她其实是跳落的？那你得去问她。

不管怎么说，这是一场漫长的坠落。在空气的摩擦下，她的脸融化着，如流星的肌肤。这就是自杀天使能如此安详的缘故。她没有一张堪作谈资的脸，她的脸是一枚灰色的卵。她没有义务，尽管坠落之光常驻。

她们中的每一个都说：我不为人服务。自杀天使是这种人：一名叛逆的女侍者。叛逆，她所能提供的就是这个，当你看见她在五十层楼窗外或者桥边向你招手，或是捧着一样东西朝你伸出手时——某种解脱的标志、软化学、快速修复剂——她要提供给你的就是这些。

当然，还有翅膀。如果没有翅膀，她说的话你一个字也不会信。

罂粟花：三种变奏

佛兰德斯的田野里，罂粟花吹拂

于十字架之间，一排连着一排，

标记着我们的处所；天空中

云雀仍然勇敢地歌唱、飞翔，

下方那些枪声中，几乎无法听见那歌。

——约翰·麦克雷

In Flanders fields the poppies blow
Between the crosses, row on row.
That mark our place; and in the sky
The larks, still bravely singing, fly
Scarce heard amid the guns below.

—*John McCrae*

罂粟花：三种变奏

变奏 1

我有一个叔叔，他曾在佛兰德斯打仗。是佛兰德斯，还是法兰西？我的年纪已经大到能有个叔叔，却还没大到能记住这回事。不管那是哪儿，田野总算又变绿了，经过了耕种和收获，不断地吐出生锈的麦壳和碎裂的颅骨。叔叔戴着一顶贝雷帽，在游行队伍中缓慢地正步走。我们总会买一些毡制的罂粟花，它们现在甚至不再是毡制的了，而是塑料的：那朵娇小的殷红在你胸前爆炸，像是对准心脏的一击（blow）——在我的许多其他念头之间，这一个率先掠过（crosses）[1]我的脑海。还有商店橱窗里矮小的铅兵，一排连着一排，现在它们不再是铅做的了，因为铅的毒性太强，不过，每个细节都很完美，是从世界各个角落运送过来的：印度、非洲、中国、美国。这些都会被用在一场战争秀里——在回忆中，战争变得极具魅惑，或是变成一场我们自认为可以发挥得更好的游戏。时不时地，

---

[1] 麦克雷诗中的"十字架"与此处的"掠过"同形，与变奏3中的"穿过"同形。

好骨头

商店会在这些士兵身上做个标记,你就可以买到折价货啦。还有一些是为我们预留的,举着我们那崭新的树叶般的旗帜,而不是战士们头上飘扬的那种锈红如血的旗帜。叔叔买了餐具垫[1],买了旧旗帜,买了杯子和碟子。那时,天空中的飞机很小,几乎像个笑话,像是配有发条马达的风筝。我在电影里见过那些玩意儿。叔叔说,他从没看见过云雀。烟太多,雾太浓,轰鸣声太响——虽然某些早晨这儿很是**静谧**(still)[2]。那是最危险的时候,到了那一刻,你希望自己会勇敢地行动,你通过歌唱来保持勇气。有一种生于尸体的**苍蝇**(fly)[3],他说,那种苍蝇成千上万;在大轰炸期间,你几乎听不见自己的思想。不过,有时候,你总能听见一些东西——藏在他身边的那个男人低语道:"看。"他朝那里看去,发现那儿已经没有了躯干,只

---

1 "餐具垫"(place-mat),原文中只有place为斜体,与诗中"处所"同形。
2 诗中"仍然"一词此处解作"静谧",变奏2中解作"但是"。
3 诗中"飞翔"一词此处解作"苍蝇",变奏2中解作"拉链",变奏3中仍解作"苍蝇"。

有一个血红的洞,半空中一个潮湿的斑点[1]。现在,那位叔叔也不见了。游行队伍里的老兵人数每年都在递减,瘸腿的人也更多了。但在橱窗中,那些士兵却在增多,那么干净,色彩上得那么鲜艳,扛着他们错综复杂的小枪,穿着闪亮的军靴,脸是棕色,或是粉色,或是黄色,既不在微笑,也不在皱眉。想想真是奇怪,这些年来,有多少这样的士兵曾被人们买来,珍爱,然后遗失;丢弃在庭院里,或是掉进了门廊地板的缝隙中。他们躺在下面,躺在花园里我们的脚下,躺在地板下方,没有手臂,或是没有腿,五官已褪去一半。他们聆听我们所说的每句话,等待着,等待着被挖出地面。

变奏 2

一杯咖啡——清晨惯常服用的药。他出门慢跑,告诉她,她不该动作这么慢。可她无法做到井井有条,牵涉的事儿太多:恰当的鞋子,恰当的外套,接着,还

---

[1] 原文作"a wet splotch in *mid*-air",斜体部分与诗末行的介词"中"同形(amid)。

得操心扭着腰走下街时,自己的臀部看上去是否美妙。反正她单独一人是做不到的——她可能会被抢劫呢。于是,她干脆坐下,想着自己不再能想起的事,想着她曾经是什么人,想着她长大后会变成什么人。"我们是死人"——那几乎是《佛兰德斯的田野里》中她唯一还记得的诗行,她曾经不得不因为上课讲话而在黑板上把那首诗抄了二十遍。当时她才十岁,身材苗条。可是——看看现在。他说她应该开始食素,像他一样,像莴苣一样健康。她宁可吃罂粟花,直接从源头摄取鸦片。或者是水仙,那有毒的球茎像是洋葱。或者,最好是把球茎切成片,放进他的汤碗里。有那么一天,他会多次在她身上擤[1]鼻涕。然后——她会坐在岩石与硬干酪之间,像个囚犯一般纹丝不动,在墙上画着小小的十字架,就像在编织时数着一排连着一排的针脚一样——那是古人标记日期的老办法。他管这个垃圾堆叫作"我们的家"[2]。他得为自己正言,她不过是周围

---

[1] 原文作 *blow* the nose,斜体部分与诗中"吹拂"(blow)同形,与变奏3中"炸飞"同形。
[2] "我们的家"(our place)即诗中"我们的处所",以及变奏3中"我们的立场"。

的床垫，不过是女清洁工。每当他竖起一根手指时，天空中就会出现甜馅饼。哪怕只是为了云雀的缘故，她都应该把这整个地方放火烧平。但是，无论她自言自语起来有多么勇敢，要是烧了这地方，她该去哪里？她该去做什么呢？她想起有一回，他过生日，晚上他们走路去市中心，曾看见一队年轻人。他们正为什么事亢奋着，唱着走调的歌，其中一个人胯间的拉链半开着。自由。要是一个拉链半开着的女人被抓住，准会被方圆一英里内每一个怪物干一顿。一旦他们把你的裙子撩起，再要显得尊贵[1]就太晚了。她曾听见过这样的一宗案例，似乎是在桌球馆里，还是什么别的地方——那就是她要待在家里的原因，她足不出户的原因。不是因为他说的一种什么中年危机[2]，而是出于恐惧，再简单纯粹不过了。很难克服它。一只气球或者牛奶上的奶皮只需要一点儿热空气或脂肪就可以浮起来，她可不行。她浮不起来，意志力也不管用。但这种恐惧是有原因的，不会因

---

1 诗中"几乎"（scare）此处解作（因稀有而显得）"尊贵"，变奏3中解作"稀缺"。
2 原文作"a *mid*-life crisis"，斜体部分与诗末行的介词"中"（amid）同形。

她的愿望而消失。在现实生活中,她需要的是几把枪。几把枪,以及一些如何开枪的技巧。当然,还需要胆量。她又给自己冲了一杯咖啡。她有一个重大的缺点:她可以拥有枪,但她不会扣动扳机。她永远不会朝一个男人的皮带下方开枪。

变奏 3

在学校里,当我初次听见"佛兰德斯"这个词时,我想,那大概是制造某种睡衣的材料吧——还有睡裤。可是,后来我发现,那是一场战役的名字。比起其他战役,它对我们具有非同小可的意义,这或许是因为我们的祖父曾参与其中——或是其他什么祖先。那些壕沟,那些泥泞的田野,那些锋利的铁丝网也成为我们的回忆。但这只是一时的事。照片褪了色,雨水冲蚀了雕像,我们脑中的神经元一只接一只地一闪而灭:词语们,再见了。我们还有其他事情要想,我们还要讨生活。今天,我在前院里种了五棵罂粟花,一种粉橘色的新型杂交品种。它们和春黄菊的颜色很般配。恐怖分子炸飞了飞机场,恋人们在床单之间盲目地滑动,在柔和的、绿色的细雨中，我的猫穿过了街道；在春日赛舟会上，小伙子们划啊划[1]，好像自从1913年以来什么都没有发生过；人群挥着手，就着黄瓜和金酒，享用着高脚杯里的饮料。那又有什么不对呢？只要我们弄清楚我们的立场，别太多嘴，别引起骚动，就可以从年岁的缝隙里擦身而过，身上几乎不留任何标记。一点点性生活，一点点园艺工作，抽水马桶，以及诸如此类谨慎无害的乐趣。卫星在天空中缓缓飘过，明亮的眼睛注视着我们。鱼鹰、头上生角的云雀、伯劳鸟，还有丛林莺的日子就没这么好过了，尽管它们仍然勇敢地在害虫和收割者锋利的镰刀留下的缝隙里做窝。如果你想听歌唱，那么有的是，随便什么时候都可以收听。飞机上，从你邻座的耳机里传出的歌声就像苍蝇的嗡嗡声，可以使你发狂。新闻也一样。一旦出现灾害，啤酒就卖得特别快；这个月流行的是飓风和饥荒：这个稀缺，那个稀缺，水太少，日照太少。你每吃一顿饭，就要大口大口地咽下内疚感。支离破碎的声音亢奋地说：你是先在这里听见

---

1 原文作 "*row on, row on*"，斜体部分与诗中"一排连着一排"（row on row）同形。

的。中脑里的一场骚乱[1]！换个办法，试试冥想吧，对一年生的植物，还有那些小小的恩惠心怀感激吧。你聆听。你聆听着月光，听蚯蚓在草坪上狂欢，你为自己的快速心跳感到庆贺。可是，在这一切下面，有着另一种声音，海水涌着浪涛，某种嗡嗡声……你无法摆脱它。是枪，枪声从不曾停止过，只是四处迁徙罢了。是枪，它们仍在单调地射击着，自己都对自己感到厌烦，致命的，越来越致命的，最致命的——是枪，在日常生活的每一组柔声对话下都潜伏着枪声。说"请把糖递给我"，你就能听见枪响。说"我爱你"。把你的耳朵贴在皮肤上：在思想下方，在记忆下方，在万事万物的下方，是枪。

---

[1] 原文作"a commotion in the *mid*-brain"，斜体部分与诗末行的介词"中"（amid）同形。

返乡

1

我该从哪儿说起呢?毕竟,你不曾到过那儿。或者,即使你到过,你也未必能理解你所见到的——你自认为见到了的——事物的重要性。一扇窗就是一扇窗,但人可以从里往外看,也可以从外朝里看。你瞥见的那些消失在窗帘背后、灌木丛中,或是主干道上下水道内的当地人——我们那里的人很腼腆——或许只是你自己在玻璃中的倒影。我的祖国专门制造这类海市蜃楼。

2

假设我是个典型。我靠两条腿直立行走,还有两条手臂和十个附着物,也就是说,每条手臂末端有五个附着物。在我的脑袋顶上——而不是前面——生着一种奇异的海藻似的东西。有人觉得这是一种毛皮,其他人觉得那是改良版的羽毛,或许是从蜥蜴的鳞片进化过来的。它没什么实际功能,或许只是起装饰作用。

我的眼睛位于头部,头上还有另外两个供空气出入的孔穴——我们正是在空气这种看不见的流体内游泳的——还有一个大一点儿的洞,里面装有骨质的突起,人们管那叫作牙齿,借助它们,我可以将周围环境的一部分同化,变成我自己的一部分。这就是所谓的"吃"。我吃的东西包括块根、莓果、坚果、水果、树叶,还有各种动物和鱼类的肌肉组织。有时候,我也吃它们的大脑和腺体。通常我是不吃昆虫的,也不吃幼虫,不吃猪的眼球和嘴,尽管在其他国家,人们津津有味地品尝这些食品。

3

我的一些族人在身体前部，肚脐（所谓的"中央点"）下面，长有一个尖尖的、没有骨头的外部附着物。另一些族人则没有。拥有这个东西究竟是一种优势还是劣势？围绕这个问题的辩论仍在进行中。如果缺了这个部件，代之以一个口袋（或者叫作内穴）——我们这一族的新成员就是在这里生长起来的——那么，公开向陌生人提到这个部位就是一件不甚礼貌的事。我告诉你这些，是因为这是游客们最常犯的礼节性错误。

在一些比较私人的集会上，我们会礼貌地忽略一些人缺少叉子或缺少洞穴的事实，一如我们礼貌地对畸形足或目盲症视而不见。但有时，叉子和洞穴会携手合作，一起跳舞或一起制造幻象——同时起用镜子和水，这对表演者本人极具吸引力，对旁观者而言则不堪入目。我注意到你们也有相似的习俗。

最近，关于这件事，人们花大量时间召开了全会。拥有叉子的人说拥有洞穴的人根本不是人，而更接近于狗或者马铃薯；拥有洞穴的人责骂拥有叉子的人，说他们只知对表现戳、刺、探、扎的图像念念不忘；随便什么末端有孔的长形物——可以向其中发射各式各样的子弹——都能叫他们手舞足蹈。

我自己——我是个洞穴人——不必担心爬不过带刺的铁丝网，或是被拉链夹住。对于这点，我感到十分宽慰。

但是，关于我们的身体形状，就说这么多吧。

4

关于这个王国本身，我就从日落说起吧。红彤彤的日落往往持续很久，荡气回肠，富丽堂皇却又郁郁寡欢，你甚至可以说，它具有交响乐的气质，与其他国家短暂而乏味的日落形成了鲜明对照，后者还不如一个电灯开关有趣。我们为我们的日落感到自豪。"来吧，看看日落。"我们互相说着。于是每个人都冲出门来，或是冲到窗口。

我们的国家幅员辽阔，人口稀少，因此，我们对空荡荡的地方心存畏惧，同时又需要它们。大片国土被水笼罩着，因此我们对倒影、突如其来的消失、一物化作另一物等现象颇感兴趣。不过，另有大片国土被岩石覆盖，因此我们相信命运。

夏天，我们几乎是赤裸着身子躺在炎炎烈日下，用脂肪盖住皮肤，试图让自己变成红色。然而，当太阳在空中耷拉下脑袋，变得无精打采时，即便是在中午，我们如此钟爱的水也会变成一种白白硬硬的东西，把地面都遮住了。到那时，我们就隐蔽起来，变得懒洋洋的，大部分时间藏身在墙缝里。我们的嘴巴缩了水，我们的话变少。

在这一切发生之前，我们许多树上的叶子都变成血红色或金红色，比那些无休无止的绿色灌木要明艳百倍，更具异国情调。我们觉得这种变化美极了。"来吧，看看树叶。"我们这么说，然后跳上会动的车辆，来来回回地驾驶它开过生有血色树木的森林，眼睛紧贴着窗玻璃。

我们是一个有变形物的国度。

任何红色的东西都令我们心旌摇曳。

5

有时候，我们躺下不动。如果空气仍从我们的呼吸孔里进进出出，这就叫作睡觉；如果没有，这就叫作死亡。当一个人到达了死亡的境界时，人们就为他举行一次餐会，演奏音乐，提供花卉和食物。假如这个得到如此殊荣的人是完整的，人们就给他穿上体面的衣服，放进地上的一个低坑里，或是用火烧掉。如果他们死于爆炸，或过了很久才被溺死，他们就会分崩离析。

这些习俗是最难向陌生人解释清楚的。我们的一些访客，尤其是年轻人，他们从没听说过死亡，对此满腹狐疑。他们认为死亡不过是我们的又一种幻觉而已，我们的镜子会捉弄人；他们无法理解，为什么有这么多的食物和音乐，人还会悲伤。

但你会理解的。你们之中也一定会有死亡。我能在你眼里看见它。

6

我能在你眼里看见它。要不是因为这个，我早就三缄其口，不和你用这种夹生的语言交流了，这种语言对我们双方都太难懂啦，我已经口干舌燥，嘴里塞满了黄沙。要不是因为这个，我早就走开，打道回府了。我们共享着死亡的知识,这是我们的重合点。死亡是我们的公共领地,在这片领地上,我们才能一起向前走。

现在,你一定已经猜出来了:我来自另一个星球。但我不会对你说,带我去见你的头儿。即便是我——哪怕我对你们的方式并不习惯——也永远不会犯下那种错误。我们之中也有"头儿"这种人:他们是齿轮、纸片、闪闪发亮的金属圆盘,是五光十色的布条做成的。我不需要再和这类人接触。

相反,我要说:带我去见你们的树。带我去吃你们的早餐,去看你们的日落,去参观你们的噩梦,去拜访你们的鞋和你们的名词。带我去看你们的手指。带我去看你们的死。

这些才是物有所值的。我正是为了这些而来。

第三只手

　　第三只手被放入熊油和赭石中,或是木炭和鲜血里捣碎;第三只手栖息在五千年前的岩洞壁上;第三只手在门把上,被涂成蓝色,用来辟邪。第三只手是银制的,配了链子挂在脖子上,拇指打着手势;或是伸长了食指,金制的手腕绑在一根檀木拐杖上,沿着从阿尔法到欧米茄的全部小径摸索着前进。在教堂里,第三只手藏身于圣骨匣内,瘦骨嶙峋,要不然就戴满了珠宝;或者,它会从壁画的云朵中突兀地探出头来,这是一只硕大、严峻而郑重其事的手,振聋发聩如一声巨吼:"罪孽!"第三只手或许不那么优雅,甚至是平淡无奇的,刻在金属盘上,朝我们发号施令。"出去!"它命令道,"上来!下去!"

但这不过是它的形象而已：角色、伪装、抓拍的图画，这些根本就无法界定它。爱情题材的绘画能界定爱情吗？

（男人和女人一起走在街上，深情地握着手；但是，这究竟是谁的手呢？他们各自握着的，是第三只手，不是恋人的手。是第三只手将他们联为一体，第三只手将他们分开。）

第三只手既不是左手，也不是右手，既不吉利，也不邪恶。想想那个被抓了现行的人——他们管那叫作"红着手被逮住"[1]。他宣称自己是无辜的，为什么不相信他呢？"什么斧头？"他说，"我不知道我在做什么，不是我。看看，我的手是干净的！"没有人注意到，第三只手正靠五根手指支撑着，痛苦地爬开去，像一只被踩了一脚的蟹。它被从手腕上切下来，一路拖曳出阴冷的血痕。

不过，这只会发生在已经失去了第三只手的人身上，他们切下它，把它钉在纸板上，或是封在挂式储藏柜或保险箱内。第三只手的手法可灵巧着呢，像夜贼的

---

[1] 原文为red-handed，在英文中指被当场捉住。

手一般敏捷。它总有办法逃跑，它绝不会静止不动。它写字，写完就跑。跑着，消融着，同时将界限一一溶化。

空荡荡的地方属于第三只手：元音字母O，所有的空白页，数字0，鼹鼠和狼，出生前的一小时，死亡后的一分钟，疯子，猫头鹰，一切白色的花朵。第三只手打开门，并在你身后若有所思地关上它。只有另两只手在为屋里发生的事忙活着。

魔术师在身后偷偷地藏着第三只手，却把另两只手摊给你看：坦坦荡荡，空空如也。"这就叫作手比眼快。"他说。注意了，是单数的"手"，只有一只。第三只。

当你在雪中穿梭，在冰雹里行走，一忽儿越来越冷，一忽儿又觉得暖和；当夜幕低垂，睡意朝你袭来，你麻木地发现自己迷了路时，是第三只手，像个心腹知己，悄悄地滑入你自己的手中。那是一只小巧的手，孩子的手，它领着你向前走。

死亡场景

我想先去把玫瑰丛抱进来。只是坐在那里,我便很欢喜。昨夜有一只萤火虫,你能想象吗?

他说,我可以治愈自己。他是在电话里这么说的。他说:听你的声音,我就知道;每天,你应该花三分钟对光进行一番思索,你要以白菜叶为饮料,必须是外层包叶内侧的那些叶子;把它们放进榨汁机,再加一点儿蒜头。你的尿液会变绿,但你会好起来的。你知道,这很有效,在一段时间内。

这一点儿也不讨人喜欢。我知道,尤其是头发。我想要什么?我想要你说点儿正常的事。

我知道我看起来像个鬼。但是，内在还是我呀。我想要什么？我想要你说点儿正常的事。不，我不要。我要你看着我的眼睛说：我知道你正在死去。但是，看在基督的分儿上，别让我倒过来安慰你。

我说：他妈的别扯淡了。这和我他妈的态度一点儿关系也没有。我当然生气啦！滚出去，要不然我就朝你扔东西。便盆在哪儿？你知道，我不是这个意思。天哪，我得喝点儿什么。好啦，为什么不呢？

不，不要。别抱我。很疼。

我想要看看，到了春天会发生点儿什么。该死的松鼠，它们把球茎都吃光啦。樟脑丸怎么没用？

如果你要哭，去找个她看不见的角落。

你该回家了。

有什么地方不对劲了，我们不知道是哪儿。我们想,你得立刻下来。

——你就不能做点儿什么?这不是她,不是她!她看起来就像是皮尔斯伯利牌炸面团!她全身都肿了!我受不了了!
——她可感觉不到什么。她已经休克了。
——我不相信休克!她能听见,她什么都能看得见!如果你想谈论死亡,我们还是去下面的咖啡店吧。

太残忍了,太残忍了,她再也不会醒来了!她再也回不到自己的身体里,就算回去了,她也会憎恨那个身体的!就没人能把插头拔掉吗?

那个烟灰缸碎掉的时候,我就知道她已经死了。烟灰缸立刻就裂开了。那是她给我的烟灰缸,我知道她就在那里!那是她向我报信的方式。

夺目的场面,夺目的场面!没有人像她那么善于大吵大闹,制造场面了。就像全盘出局一样粗俗。当然了,她事后总会道歉,她本可以不必这么做。她不必向我道歉。

我惦记的是她会说什么。她本来可能说什么。区别就在这里:你不得不使用条件式过去时,给一切都添上"本来可能"。丧亲——你可能会这么说——她可不会:这太一本正经。一本正经——这是她说的。

我走过去,哭了一会儿。而她的确切面目已经开始消退。我能记得她说话的语调,但记不起她的音色。真滑稽,你对这些人说个不停,就好像他们能听见。

四小段

献给扁先生

他最后来到这样一处栖息地：土壤、赭石和锈，它们曾被反复使用，途经嘴和胃，肠和骨头，然后又被排入土中，进入根茎、花苞和成熟的果实内，被人们收割下来，碾碎，发酵——转瞬即逝的温存；剪下的藤像是青筋暴起的拳头，没有修短的藤则长着交缠的黄色细长指头，夜里看起来就如马铃薯的茎须；一切都饱含着光，那光从田畦里溢出，就如切开的桃子溢出的果汁，像蜗牛滑溜溜的甲壳，像舔过的嘴唇，所有的树叶都是微光粼粼的。下起雨时，南风吹来了撒哈拉的沙尘，在烟草店的白色塑料天井椅上洒下点点干燥的血痕。更高处耸立着钟乳石山峦,干燥,覆盖着硬邦邦的、气味刺鼻的灌木——人称"地中海小灌木"——时间在山峰上刻出沟渠,在那里,物种就像箴言的字数一般稀缺。他喜欢那儿无情的烈日,至少他是这么说的。

在餐馆里人们叫他"露台先生",吃饭时,这个化名可以骗过那些旅客。我差点儿说成"恐怖分子"[1]。名人在吃饭时不希望被打扰,也不希望被细细打量。其他人也不愿意,但也不大有人会对他们这么做。他的英语名字是"平台先生"(Mr. Patio)。许多事物用法语说才会更浪漫,比如"气味"(odour)一词。"加缪先生"(Camus)译成英语就成了干巴巴的"扁先生",但加缪本人不会在意。

砌砖式书架被拆除、重装、分解已是三十年前的事了,上面的书已经泛黄,接着变成棕色,页边变得如落叶般松脆,从内部开始分解。是同一种气味,一种缓慢燃烧的辛辣味道。他想要活下去,他不愿妥协。他头脑

---

[1] 英语"恐怖分子"(terrorists)的发音近似法语"露台"(terrasse)。

清晰，像是沙漠里的灯盏。

万灵节是照顾死人的时候。这是一项任务。得给坟墓锄草，气泡般硕大、油漆般明艳的鲜花在墓边盛开：淡紫色、橙色、黄色和红色的菊花；还有中国大丽花，那种旧年唇膏的色泽；还有被冰雹斩去了脑袋的弱不禁风的雏菊。他的坟墓可不是装饰风格的，它是方方正正的，灰色的，具有无伴奏单声圣歌的优雅，没有墓志铭。没有镀金的饰品，没有镶在玻璃般的卵石内的照片——那张嘲弄人的脸，那战后风格的猿人板寸头。在那些刺鼻的书页里我记得最清楚的是什么？一个男人朝一个女人的裸体上吐唾沫，因为她不忠诚。他想向我传达些什么？关于背叛，还是关于女人的身体？他没有说。他是一丛突兀的灌木，长着幽暗神秘的树叶，是那种山里的灌木。没有希望，没有一捧捧花瓣。"就只有这些，"他说，或者没说，"你是你所为。别指望慈悲。"后来，当我回到家时，发现有人在厨房的一只罐子里留下了六朵正在凋谢的、真正的玫瑰。

我们什么都想要

我们想要的，当然都是些老生常谈。树木抽出、扇动、褪去叶子，浪花拍击着世界各地的海岸，鸟雀啁啾，蛞蝓舒开身体，蠕虫在灰土里拱出空洞。鱼尾菊，鱼尾菊刺鼻地盛放。我们希望这一切继续，年复一年，既乏味又带来惊喜，就好像我们依然中规中矩地住在帐篷里，饲养绵羊，为了神的恩典割断它们的脖子，拒绝发明塑料。你若不要信仰，而要浴室，就得付出代价。如果苹果是魔鬼唯一的诱饵，我们现在还可以说，灵魂归于我们自己。但是紧接着，阴茎把疏通水管的工作带进了这场交易，从而注定了我们的厄运。现在，我们花费大量纸张来告诫彼此要节约纸张，海面上漂满了致命的咖啡杯，我们还为太阳和它那有利有弊的射线担忧。

这一切，何时才会统统下陷？我是说：天空、我们的人际网络、我们错综复杂的借口。过去的一切我们都办得太漂亮：我们擅长结果实，工于做乘法，现在，呼吸的嘴已经太多太多。我们吃危险的食物，我们的粪便在暗夜中熠熠生辉，我们身体的牢狱如鲨鱼般向我们反扑过来。每一种系统都是自我限制的。我们能像老鼠那样解决自己的问题吗？用战争、瘟疫还是大面积饥荒？你坐在早餐桌边，这些问题扑面而来，像是被屠戮的水果中涌出果汁。你的抑郁啊，朋友，是橘子们在寻仇。

但我们仍觉得世界令人惊异：我们无法对其餍足，哪怕它起皱枯萎，哪怕它众多灯盏亮起又熄灭（老虎、豹纹蛙、纵身跃入水中的海豚鲽），亮起又熄灭——在我们手中，我们手中；我们凝望着……爱与贪婪之间的界限你如何划出？我们从来不曾知道。我们永远都想要更多。我们想把一切吸入体内，这最后一次，我们想用眼睛吃下世界。

总比用嘴好，亲爱的。比用嘴好。

麻风病人之舞

谁知道这种事有没有可能呢?或许麻风病人并不跳舞,也可能是没有能力跳舞。另外,他们或许是跳的。一定有某个人知道。

在麻风病人的舞蹈中,麻风病人并不真实——他们并不真的患有麻风病。正相反,这些麻风病人健康、年富力强。他们是舞者,却伪装成麻风病人。我呢,我总是相信表象,所以我相信他们是真实的。

伪装的麻风病人的真实舞蹈在舞台上进行。那儿正值圣诞:音乐伴着鼻笛和鼓点的声音,节奏很快。身着中世纪服装的人们四处飘游,在场的人有肌肉暴起的乞丐、戴尖角帽和曳地面纱的窈窕少女、一位风度翩翩的王子、一个珠光宝气的吉卜赛人、一个睿智的小丑。你可能需要的一切。白日梦的配料。可以外卖的罗曼司。

接着,灯光暗下来,音乐慢下来,麻风病人进场了。共有五个。他们互相挽着彼此各色各样的身体上各色各样的部位,因为他们看不见。他们身上层层叠叠地裹着白布条——身上、手上、脑袋上。他们没有脸,只有这生硬的布条。

他们看起来像是从木乃伊恐怖片里走出来的。他们看起来像是会走动的床单。他们像是阵亡的尸体,像蚕茧。他们看起来像那些你一度十分了解的人,如今你忘却了他们的名字。他们像你洗完桑拿后在蒸汽笼罩的镜子里看到的自己,你那暂时失去了名字的脸。他们看起来像患了失语症。他们看起来像绷带广告。他们看起来像捆绑照片。他们看起来极富色情意味。他们看起来像是遭到了遗忘。他们看似一场悲哀的早逝。

他们随着充满了铃声的音乐起舞。事实上,他们带着小铃铛,我记得似乎是小铁铃。那是为了警告别人:不要接近麻风病人。或者是不要接近这场舞蹈,舞蹈可能是危险的。

他们的舞蹈又是怎么回事?关于这个,我提供不了什么回答。只有一件事是确凿的,那不是踢踏舞;另外，那是没有脚尖旋转的动作。

那是一支祈愿之舞，一支麻痹之舞，一支无望的放弃之舞。一支无论发生了什么都要继续跳下去的舞，固执之舞。一支笨拙的、碍手碍脚的舞。一支流体般优雅的舞。一支行动不自如的、由左脚带领的、无比精湛的舞。一支愤世嫉俗的厌恶之舞。一支崇拜之舞，既天真又快活。一支舞。

啊，麻风病人。如果你们正在舞着——即便是你们——那么，我们为什么不跳舞呢？

好骨头

1

"你有一身好骨头。"过去,他们总是这么说,我置之不理。那时候,我对好骨头怎么会在意?我更关心那些遮盖着它们的东西。我更关心情欲,还有粉刺。骨头不过是背景。

现在,这些骨头长大成形了。肉体缩水了,让位给根基。这就是结构原则。你需要的是恰到好处的灯光,好遮去皱纹一类的副产品。恰到好处的阴影,数量刚好的日照,然后,看——骨头呈现了出来,那些好骨头宛如花朵般呈现了出来。

好骨头

2

它们骨头啊,它们骨头,它们那些干枯的骨头,它们和它们良好的结点啊。有一次,我们围绕着篝火歌颂它们,那些乐呵呵的人踩着上帝之言的节拍——或是踩着自己的掌声——昂首阔步。在每张脸,每具穿着格子花呢裙的身体,每个坐在生硬花岗岩上的软绵绵的屁股背后,我都能猜出其幽灵般骨骼的轮廓:白色的,扁平的,画在黑板上的粉笔骷髅;一具僵尸,一种转瞬即逝的死亡象征被拉出,像个异教徒那样去承受火刑,药蜀葵被点燃,炽热的火炬将从侧面包抄它。

我们的声音很快便除掉了它们,那些骨头啊。它们被扔到篝火上,像黄油般化作火苗,然后熄灭,然后消失无踪。"你是我的阳光。"我们歌唱着,尽管不是对着它们。我们聚得更近一些,把彼此挤成凝胶。我们中的一些人没有骨头。

死亡不过如此。死亡不过如此。斯时斯地,死亡不过如此。

3

这儿是公墓。好骨头们埋在这儿,坏骨头们埋在那儿,在教堂围墙之外,在苍白的、不洁净的地域之外。

坏骨头们行为不端,或许是因为血液不好吧,或是因为运气差,或是因为童年遭受了不幸。不管怎么说,它们没有好好对待自己的身体。它们架着身体走到了悬崖边,它们拖着身体从塔楼上一跃而下。它们企图飞翔,砸碎了东西。

好骨头们暖和地躺在整洁的墓碑下。它们被授予胸针、印章、雕刻在墓石上的诗篇、大理石骨灰瓮、墓志铭,还有色泽亮丽的鬈发。它们生前可敬又负责,理应被善待。这儿正是这么说的:最后的词语。

坏骨头们表现不好,所以最好别对它们发表见解。最好它们自己也一言不发。但是,它们从没有快乐过,它们总想要得更多,它们总是饥肠辘辘。它们能嗅出词语的气息,那些从你口中泻出的温暖的、泛着泡沫的词语。它们想要一些属于自己的词语。它们会回来的。

4

这是我的朋友,这些是她的骨头,我们把这些骨灰撒在了郁金香花下。她在街沿滑倒时,髋骨摔碎了。那儿是空心的,被吃空了,像一棵住着蚂蚁的树。骨头大餐。

他们把她送往医院,我去看她。"我吓坏了,"她说,"但这些挺有趣的。我的粪便是白色的,像是鸟粪。那是钙质。我正在自我消解。我拉出来的是骨头。我想,成为肥料到底不算是顶糟糕的事,别的东西还可以从中生长呢。"

我们都热爱园艺。

5

今天,我像对一条狗说话那样与我的骨头交谈。我想要上楼,我就告诉它们:上去,上去,上去——拖拉着一条腿。那疼痛已经深入骨髓了吗——那若隐若现的阵痛?这是否意味着将会下雨?好骨头,好骨头,我咳嗽着,纳闷着该怎么报答它们——假如它们愿意不睡等我,乞求我,翻转过去,再变一次魔术——就一次。

　　好啦。我们爬上了楼顶。好骨头!好骨头!继续爬吧。

鸟之轻,羽之轻
——《好骨头》译后记

她的世界是细羽毛、小薄饼、鹦鹉螺、尖尖的雉堞、铸铁蔷薇、鲸鱼耳骨。

她的语言是结晶体,有着精确的琢面,在每一个漫不经心的钟点折射来自八方的光线。

她的书是一本合不拢的书,一件折纸手工。冬天可以用作暖气片,风天可以折灯笼,旅途上可以用作手风琴,看完了可以拆成一副扑克;它还会随着你看书的态度睡着或勃起;你可以用虚线在每一道折边上画一只戴荆棘王冠的狐狸。然而不可以轻薄它,谁知道呢,下一秒钟它可能就会窸窸窣窣地蜷起身子,皱成一团,从你的手心跳到椅子扶手上,蹦到地上,被一阵应声而来的晚风刮到随便什么地方去。

她因她的聪明而"臭名昭著"。

玛格丽特·阿特伍德本质上是个诗人,从1961年的处女作《双面佩瑟芬》到2007年的《门》,四十多年间陆续出版了近二十本诗集。她所写下的最好的小说是诗人的小说,最漂亮的散文是诗人的散文,而她最灵慧诡谲的一部分诗则要去她的叙事小品中寻找。《好骨头》就是这样一本小品集。

1. 轻些,再轻些

天使以两种形象现身:坠落型和非坠落型。自杀天使属于坠落型,她穿越大气,堕及地表……不管怎么说,这是一场漫长的坠落。在空气的摩擦下,她的脸融化着,如流星的肌肤。这就是自杀天使能如此安详的缘故。她没有一张堪作谈资的脸,她的脸是一枚灰色的卵。她没有义务,尽管坠落之光常驻。

——《天使》

失血使她坠入梦境。她栖息在屋顶上,弯折起一对黄铜翅膀,戴着优美的蛇形头饰的脑袋缩在左翅膀下,她像一只正午的鸽子那样打着盹儿,除了脚指甲,全身上下无懈可击。阳光渗动着流经天空,微风如温暖的长丝袜,波浪般拂过她的肌肤,她的心脏一张一舒,犹如防浪堤上的水涛。倦怠如藤蔓般爬过她的全身。

——《坏消息》

我想说明阿特伍德的文字具有轻之美德。"像鸟儿那样轻,"保罗·瓦莱里如是说,"而不是像羽毛。"古埃及人的狼首神阿努比斯调整天平,左托盘盛着死者的心脏,右托盘盛着鸵鸟的羽毛,以此决定死者灵魂的归宿。羽毛的重量等同于无负荷的良心、纯粹的公义,羽毛之轻是苛刻的、单一的,或者几乎——是无趣的。瓦莱里自然明白鸟儿正是由无数的羽毛组成,然而鸟儿并不仅仅倚仗风的浮力。每个黄昏擦过淡橘色、褚色和玫瑰紫色云块的那些鸟儿啊,它们在苍穹中绝非无所作为。

阿特伍德之轻便是这样一种忙碌的、充满变数的轻,我想到的是蜘蛛。那些悬在半空中的亮闪闪的刺绣看似吹弹可破,了无重心,其实却互相依附,彼此攀

鸟之轻,羽之轻——《好骨头》译后记

缘,确凿而稳固地通往每个方向。

她热衷于描绘那些具有轻盈形体的,在空间中不具有恒定位置的事物:天使、消息、蝙蝠、冷血蛾、外星人、麻风病人的舞蹈。然而她的轻并不仅仅在于这些具有象征性价值的视觉形象。她的轻首先在于留白。

留白意味着意外的空间,这是一种邀请读者加入的写作。《好骨头》几乎没有讲述任何一个完整的故事,有的只是丰满的情境。《外星领土》的第六部分是对广为人知的"蓝胡子"童话的改写——"不管你信不信,这个妹妹其实是爱着蓝胡子的,尽管她知道他是个连环杀手。她在宫殿里四处游荡,对珠宝和丝绸衣裳不闻不问,对成堆的金子看也不看。她翻找了药箱和厨房抽屉,想要找出通往他的怪癖的线索。因为她爱他,她想要理解他。她也想要治愈他。她觉得自己有医疗的天赋。"——抛弃了原先战战兢兢、唯求自保、满肚苦水的受害者形象,这个敢爱敢恨的崭新的妹妹结局如何?好奇心能杀死猫,她当然还是会打开那扇禁止之门——门里,阿特伍德写道,门里是一个眼睛睁得圆圆的死孩子,蓝胡子的小孩——蓝胡子当然还是会发现这种背叛行径,此时天色突然暗下来,地板竟消失不见,而她却比往常更爱他了。"我们这是要去哪儿?"她问。"更深处。"他答。

故事至此戛然而止,我喜欢这月蚀般的结局。可以为它补上一千种可能性,但我疑心这么做徒劳无益。阿特伍德疏松的叙事和恰到好处的停顿使我在那一刻——不偏不倚,就在短短九百字终止的地方——几乎有一点儿爱上这个崭新的蓝胡子:隐忍、安宁、疲倦,一团正在耗尽自己的蓝色火焰。

阿特伍德之轻还在于点染。她从来不是一位工笔画大师,她所擅长的是暗示:把语言变得轻逸,通过似乎是失了重的文字肌理来传达意义,让被遮住的色彩缓慢而曲折地浮现。她因此也是宏大叙事的能手,她的羽笔没有被宏大叙事的美杜莎之眼石化,在处理高度抽象而意义非凡的主题时,她自有举重若轻的从容。比如《历险记》中对人类终极追求的描写:

此时在他们前方,那颗人人渴慕的、硕大的、通体晶莹的行星涌动着扑入了眼帘,像一轮月亮、一个太阳、一幅上帝的肖像,圆满、完美。那是目标……胜利者进入了行星的巨大圆周,被天堂柔软的粉红色大气吞没了。他下沉,深入,蜕去了那层束缚人的"自我"之壳,融化、消失……世界缓慢地爆炸着,成倍增加着,旋转着,永不停息地变幻着。就在那里,在那沙漠天堂中,一颗新孵出的恒星闪耀着,既是流亡所,又是希望之乡;是新秩序、新生的预告者;或许还是神圣的——而动物们则将重新被命名。

或是《硬球》中对我们共同的未来的描写:

这未来是多么圆满,多么坚定地荷载着重物!多么精湛!尤其对那些能支付得起代价的人而言,它饱含着怎样的奇迹!这些是选中之物,你将会通过果实了解它们。它们结出草莓、小李子或葡萄,它们的果实可以种植在水培蔬菜或吸收毒素的观赏植物旁边,可以种在相对狭小的空间里。

点染是一场围堵,从概念的外围向内侵入。表面上我们看到的是一根手指开出花朵,有迷迭香、波斯菊和鸢尾,而在探索花萼和重瓣奥秘的同时,我们对"手指"这一概念也有了了解,围堵的过程就是概念的可能性展开的过程。轻的作者必然要求轻的读者,跟上我,跟上我——但别跟得太紧;轻之读者的纹章是一头眼眸闪烁、吃两口树叶喝一口湖水的麝鹿。

在我们谈论轻的第三种美德之前,不妨读读意大利诗人莱奥帕尔迪《随想录》中的一段话:

速度和简洁的风格使我们愉快,是因为它们赋予心灵纷纭的意念,这些意念是同时的,或如此接踵而至,快速得令人觉得是同时的,并使心灵飘浮在如此丰富的思想或形象或精神感觉上,使得心灵要么无法全部逐一充分拥抱它们,要么没时间闲下来……诗歌风格的力量,基本上与速度相同……同时涌现的意念的刺激性,可以来自每个孤立的词,不管是直白的或是隐喻的词,也可以来自词的安排、措辞的表达,甚或其他词和措辞的抑制。

是的,阿特伍德之轻还在于速度。诗歌倚靠分行和韵律获得节奏,散文和小说亦有自己获得节奏的秘诀。精神速度是高度主观和抽象之物——沙漏和座钟

鸟之轻,羽之轻——《好骨头》译后记

无法记录它,小手鼓和三角铁无法为它打拍子——但对之敏感的人可以在时间的维度上获得逐渐加强的快乐。它就像跳房子游戏,或是银指环套着银指环,第五个连着金指环。这方面的范例可举《猎树桩》,它是我在《好骨头》中最喜欢的篇章之一(另一篇是《第三只手》)。

或许你也注意到了,宜人的节奏离不开重复,像策马轻驰过卵石广场,或是夜晚火车轧过铁轨与铁轨的结点。但不是单纯的重复,更像变奏曲,呼应之中有异样之处。《猎树桩》以"枯树桩是野生动物最青睐的伪装术"开始,以"躺在溪底的鹅卵石是鱼类最青睐的伪装术"收尾,沿途你乘坐摩托艇、划起小木舟、射击、锯锯子、开车招摇过市、剁肉、冷藏、接受挖苦、烤肉——你太过忙碌和专注,以至于没有察觉到时光流逝。有人说:不知所云。当然,当然。然而艺术本没有球门,传球的妙处即是一切,阿特伍德固有攻不破的从容和轻快——正如那句古老的拉丁文格言:"慢慢地赶"——她传球的姿势好看。

"轻是与精确和坚定为伍,而不是与含糊和随意为伍……就像忧伤是悲哀的一种轻式表现,幽默也是喜剧

失去体重的一种表现。"卡尔维诺《新千年文学备忘录》中的这段话或许可以成为阿特伍德风格的最佳注解。在她的世界里,天空是一段微微颤动的飘摇的绸子,而幻想就是那下雨的地方。

2. 看不见的女体

阿特伍德本人拒绝被归为女性主义作家——在这种事情上,本人的意见通常不管用。

而且这不重要。重要的是,在反映女性真实处境一事上,她是做得最聪明的当代作家之一。摇旗呐喊和条分缕析都不是她的选择。歇斯底里她不会,绝对清醒她不要,昏明不定她是。她为自己选定的角色是一面带锈的、略微浑浊的镜子。

女体的基本饰件如下:吊袜带、底裤带、衬裙、背心、裙撑、乳搭、三角肚兜、宽内衣、三角裤、细高跟、鼻环、面纱、小山羊皮手套、网眼长筒袜、三角披肩、束发带、"快乐的寡妇"、服丧用的黑纱、颈链、条状发夹、手镯、串珠、长柄望远镜、皮围巾、常用黑

色衣物、小粉盒、镶有低调的杂色布条的合成弹力纤维连衣裙、品牌浴袍、法兰绒睡袍、"蕾丝泰迪"、床、脑袋。

——《女体》

脑袋是最后一项。这简直是一定的。谁知道呢，或许也不算太坏。

欲望欲望欲望，赶早装饰自己——武装到牙齿不是修辞手法——赶早把自己打点成欲望的对象；诱惑诱惑诱惑，在能够诱惑的时候，不去诱惑是违法犯罪；青春并不稀罕，青春可以被批量生产，阿特伍德自己也说了："她是一种自然资源，幸运的是，她是可再生的，因为这类东西损耗得实在太快。厂家的生产质量已经今非昔比。次品。"

悲哀吗？还有更悲哀的。读读《不受欢迎的女孩》，读读《现在，让我们赞颂傻女人》。

从夏娃到霹雳娇娃，没有傻女人就没有故事，没有缪斯，没有史诗和十四行诗，没有文学史。至于聪明女人，她们"智慧的微笑太过洞烛机先，对我们和我们的愚蠢太过了解"，她们"不具备可供叙事用的缺陷",她们聪明得"对我们不太有利",从而丧失了身为潜在被征服者的魅力。傻女人的魅力无人可敌,傻女人是全人类的珍宝;而傻男人——好吧,把《现在》中的"傻女人"全部替换成"傻男人",文章就会分崩离析。

男人们傻不起。

而这也是相对的。《外星领土》是《女体》等文的姐妹篇,阿特伍德开始讨论男体:

> 我们也可以说,男人根本不具备身体。看看那些杂志吧!女性杂志的封面上是女人的身体,男性杂志的封面上也是女人的身体。男人只出现在关于钱和世界新闻的杂志封面上——侵略战争、火箭发射、政变、利率、选举、医学上取得的新突破——现实,而非娱乐。这类杂志只展示男人的脑袋:面无微笑的脑袋、说话的脑袋、做决定的脑袋——顶多只能瞥见西服一角羞怯的一闪。我们如何能知道,在那些谨小细微的斜条纹衣物下藏着身体?我们不能。或许那下面没有身体。

> 这将把我们引向何方?女人是附带一个脑袋的身

鸟之轻,羽之轻——《好骨头》译后记

体,男人是附带一个身体的脑袋?或许不是。得看情况。

或许不是。而情况是,虽然有着种种约定俗成的不公,男体和女体毕竟互相需要。男体同样具备女体的商品性,而女体也分享男体的虚弱。在笼罩世界的、遍及一切的虚空中,男体和女体处境类似,被同样的恐怖和无望浸透。《外星领土》的第七部分是二十世纪勾勒两性关系的最了不起的篇章之一。

3. 恋物语

没错,阿特伍德是个恋物癖。什么,你说她不过是对细节有点儿着迷,对追踪可能形成的细节有股子犟劲?读读《第三只手》的开篇:

第三只手被放入熊油和赭石中,或是木炭和鲜血里捣碎;第三只手栖息在五千年前的岩洞壁上;第三只手在门把上,被涂成蓝色,用来辟邪。第三只手是银制的,配了链子挂在脖子上,拇指打着手势;或是伸长了食指，金制的手腕绑在一根檀木拐杖上，沿着从阿尔法到欧米茄的全部小径摸索着前进。在教堂里，第三只手藏身于圣骨匣内，瘦骨嶙峋，要不然就戴满了珠宝；或者，它会从壁画的云朵中突兀地探出头来，这是一只硕大、严峻而郑重其事的手，振聋发聩如一声巨吼："罪孽！"第三只手或许不那么优雅，甚至是平淡无奇的，刻在金属盘上，朝我们发号施令。"出去！"它命令道，"上来！下去！"

一点儿一点儿地，这只手变得日益神奇：恋人们互相握着的不是对方的手，而是第三只手；当场被抓（caught red-handed）的小偷为了逃生不得不割去第三只手，它靠五根手指撑着，像蟹一样痛苦地爬开，拖出阴冷的血痕；魔术师的全部机密在于第三只手。《第三只手》还有一个《好骨头》中罕见的、暖色系的结局，这样的结局美好得令人屏息。

《造人》——葡萄干或银珠子做眼睛、会跑上大街给自己弄个文身的姜饼小人儿；衣冠楚楚地站在婚礼蛋糕上、面露谄媚的笑容的杏仁蛋白软糖小人儿；后脑勺绑着迷你风车、配料为熟石膏和自己的丈夫的民间艺术小人儿……好啦，有多少姑娘能抵挡它们的诱惑呢？

《肩章》——辫状纹饰，金属星星，帽子上的羽毛和绸带，膨胀到史诗那么大的肩章。各国领导人的军装将决定各国的命运，赏心悦目的政治秀，一场视觉系饕餮盛宴。

《天使》——和古典画里的天使不同，和圣诞卡上的天使也不一样，阿特伍德的天使是一组晶莹的蜉蝣，行走于铁钉和煤炭之上，有着阿司匹林的心脏，蒲公英种子的脑袋，空气做的身子。

她的恋物就如一种地下兄弟会的接头暗号，假如你是其中的一员，不妨轻轻眨一下眼睛。

4. 工具箱

《好骨头》中可以看到大量二十世纪以来西方文学界时髦或时髦过的写作手法和理念：寓言写作、原型写作、意识流、文本解构等。创作手段上的花哨和炫技是她最常为读者诟病的特点之一。不过，你能忍心责怪她吗？看看她的教育经历：多伦多大学英语文学学士（优等毕业生，副修哲学和法语），哈佛大学的硕士（拉德克利夫学院，伍德罗·威尔逊奖学金获得者），两次在哈佛大学攻读博士，终因没时间完成论文而放弃学位（原定博士论文标题为"论英语玄学派小说"）——她在多伦多大学的教授甚至包括原型批评祖师爷诺思洛普·弗莱（Northrop Frye）！好啦，她读了太多书，你们得原谅她。

因为她使人快乐。没错，《好骨头》是一本高度互文的短篇集，充斥着西方经典文学与流行文学文本间的互相指涉。要读懂《四小段》就要知道加缪，要赏析《格特鲁德的反驳》就要熟悉《哈姆雷特》的情节梗概（或至少看过电影），要为《爱上雷蒙德·钱德勒》哈哈大笑就要知道雷蒙德·钱德勒是谁，要完全体会《罂粟花：三种变调》的妙趣——作为译者，以下这句话真是令我尴尬极啦——最好阅读原文。

或许也不尽然？你不需要通读《旧约》也可以立刻参与《神学》中"我"和S的讨论，你不需要读过《德拉古拉的来客》（布拉姆·斯托克）或《夜访吸血鬼》（安妮·赖斯）也可以对《我的蝙蝠生涯》报以微笑。不是吗？老太太或许是有点儿爱"掉书袋"，然而她的书袋里还是颇有几把刷子的。

鸟之轻，羽之轻——《好骨头》译后记

归根结底，阿特伍德首先是一位形式主义作家，在语汇陌生化（defamiliarization）方面做得尤为出色。正如俄国形式主义大师之一什克洛夫斯基所言，陌生化就是特殊化运用日常语言的表现。在今天这个一切都太多的世界里，再没有什么令我们感到惊奇，我们对事物的感受力变钝了，变自动了——"感"（feel）变成了"受"（be impressed），被动态取代了主动态。如何恢复并保护我们的惊奇？如何恢复万事万物的质感，"让石头石头起来"？形式主义者们认为陌生化这一技巧可以恢复人们对事物本来面目的印象，使人们以全新的眼光去看待习以为常的一切。托尔斯泰或许是第一位大面积、高密度使用陌生化手法的巨擘：假如他想强调什么，就决不呼唤它的名字——比如在《耻》中他是这么描述"杖笞"的："剥掉违法者的衣服并把他们摔到地上，用软树枝敲打他们的臀部"——仿佛他是通过动物的眼睛，第一次目睹这颗匪夷所思的行星上发生的一切。类似的例子大量散见于《战争与和平》《复活》和《克莱采奏鸣曲》，并在那篇妙趣横生的（是的，我说的还是托尔斯泰）中篇小说《霍斯托米尔——一匹马的身世》中登峰造极。

好骨头

阿特伍德采用了相似的手法，以下两个段落分别在谈论什么？

很难分辨他们的雌雄，因为他们的雄性并不像我们的那样体格娇小，反而要大一些。同时，他们又缺少与生俱来的美貌——花纹璀璨的甲壳啦，晶莹剔透的翅膀啦，水灵灵的冷光眸子啦——为了模仿我们，他们在身上挂满了各种彩色的布片，把生殖器遮掩起来。

——《冷血》

在一些比较私人的集会上，我们会礼貌地忽略一些人缺少叉子或缺少洞穴的事实，一如我们礼貌地对畸形足或目盲症视而不见。但有时，叉子和洞穴会携手合作，一起跳舞或一起制造幻象——同时起用镜子和水，这对表演者本人极具吸引力，对旁观者而言则不堪入目。我注意到你们也有相似的习俗。

——《返乡》

（小贴士：总的来说，两个故事描述的是同一种生物。）

鸟之轻,羽之轻——《好骨头》译后记

"我成为诗人的那天阳光灿烂,毫无预兆。我正穿过球场,不是因为崇尚运动,或筹谋躲在更衣室后抽一口烟——去此处的另一个理由,也是唯一的——这是我从学校回家的平常小道。我急匆匆地沿途小跑,若有所思一如往常,无病无痛。这时,一根巨大的拇指无形地从天空降下来,压在我的头顶。一首诗诞生了。那是一首很忧郁的诗;常见的年少之作。作为一个礼物,这首诗——来自一位匿名恩赐者的礼物,既令人兴奋又险恶不祥。"——阿特伍德在《在指令下——我是如何成为一个诗人的》中如是揶揄自己,不过,如同前文提到的,她本质上是一名自觉自知的诗人,她的小品亦是高度诗化的小品。可以体会到她在语言上的锱铢必较——耐心寻找最贴切的字眼,仿佛每个词语都不可替代,这也使得我在翻译的过程中时常在忠于她独特的文字风格和忠于汉语散文的一般规范之间挣扎不已。倘若读者看完译本后对阿特伍德产生兴趣,继而愿意去寻找原文一窥全貌,我的尝试就不算是一无是处。

包慧怡

二〇〇九年六月四日

认准读客熊猫

读客所有图书,在书脊、腰封、封底和前后勒口都有"**读客熊猫**"标志。

两步帮你快速找到读客图书

1. 找读客熊猫

2. 找黑白格子

马上扫二维码,关注**"熊猫君"**

和千万读者一起成长吧!